呉・広島ダブル殺人事件

西村京太郎

双葉文庫

目次

十津川警部
呉・広島ダブル殺人事件

第一章　祖父のための呉

1

市橋大樹《いちはしだいき》、二十八歳。

警視庁捜査一課の若手の刑事である。その市橋が、九月一日から二日間の旅行に出ることになった。といっても、仕事ではない。祖父の市橋勝之介《かつのすけ》から頼まれて、呉《くれ》と広島《ひろしま》にいき、写真を撮ってくるのが目的だった。そのため、休暇をもらっている。

祖父の勝之介は九十四歳。百まで生きると豪語していたのだが、肺炎で倒れて入院してからは急に弱気になって、

「百までは生きられそうにない。だから、せめて青春時代をすごした呉と広島の

写真を見て楽しみたい」

そういって、孫の市橋大樹に頼んだのである。

市橋の父、専太郎《せんたろう》は、現在妻子を連れて、北海道《ほっかいどう》の函館《はこだて》に住んでいる。大手企業のサラリーマンで五十八歳。管理部長である。元々は東京の本社に勤めていたのだが、函館支社に転勤が決まり、迷った末に一家で引っ越した。したがって、現在、市橋は、祖父の勝之介と二人で東京のマンションに暮らしている。

父親の専太郎は寡黙な人だが、祖父の勝之介は、かなりよく喋るほうだ。したがって、祖父の勝之介が、どんな生活、略歴だったか、かなりよくしっているつもりだった。

祖父の市橋勝之介は、百歳まで生きるといっているのだが、現在は入院中なので、その望みが果たせるかどうかはわからない。

市橋が見舞いにいった時、冗談混じりに勝之介に、

「もう九十四歳まで生きたんだから、いいじゃありませんか」

というと、

「私の人生は、昭和二十年八月十五日、いや、八月の七日からだから、まだ七十

四歳になったばかりなんだ。少なくとも、あと三十年は生きたい」

と、勝之介は、答えるのだ。

その言葉は半ば冗談で、半ば本気のような気がしている。

勝之介は海軍の予科練習生。通称「予科練」の出身で、昭和二十年八月六日、広島に原爆が投下された時には、呉の海軍基地にいた。勝之介は飛行機乗りになりたくて予科練に入った。十九年に卒業すると、呉の海軍基地に配属された。

「私もね、本当は戦闘機に乗って、アメリカ軍の戦闘機や爆撃機を撃ち落とすつもりだった。しかし、昭和二十年になると、乗る飛行機がなくてね。本土決戦のために戦闘機が大事だから、隠しちゃったんだよ。それが悔しくてね。でも、あとでわかったんだが、もし、乗る飛行機があったら、間違いなく九州《きゅうしゅう》の海軍基地に送られて特攻で、沖縄《おきなわ》で死んでいただろうな。これが呉の海軍基地に回されて、ひたすらアメリカ軍の本土上陸に備えて、港の要塞の防衛訓練をやらされていて助かったんだから、何が幸いになるかわからん」

しかし、勝之介は、いつもそういって笑っていたわけではない。時には、ひどく深刻な顔をして、

「八月の六日に広島に原爆が投下された。呉の海軍基地にいた私は助かったが、

あの日から毎日が地獄だった」

そういったあと、黙りこんでしまうこともある。

戦争をしらない市橋には、そのあたりのところがわからない。戦争は勝之介にとって辛いばかりではなかったらしい。予科練の話、呉の海軍基地の勤務の話。それを時には楽しそうに話す。

しかし、八月六日の原爆投下の話は、絶句して黙ってしまうのである。

だが、呉には原爆は投下されなかった。僅かな死傷者も出たが、しかし勝之介は、この原爆で死んだわけではない。それなのに、

「広島に落ちて、助かったんだよ」

と、笑うこともあれば、

「あの日から地獄だった」

と、黙ってしまう時もある。

「なんで地獄だったの？　助かったんだからよかったじゃないか」

と、市橋がきいたことがある。

それに対して、勝之介は何も答えなかった。それが今度、

「もう私はこのまま動けなくなるかもしれない。だから、呉と広島の写真を、撮

ってきてくれ」

と、市橋に頼んだのである。

頼んだのは、八月の三十日だった。

実は、祖父の勝之介が昭和二十年八月六日の原爆の日について、今いったように、

「助かってよかった」

といったり、

「あの日から地獄だった」

といったりする。それで、

「八月六日の写真を撮ってきてあげようか」

と、考えた末にいったことがあったからである。その日に休みが取れれば、いや、休みが取れなくても、何とか工面して、八月六日の写真を撮ってきましょうかといったのだが、なぜか勝之介は、

「八月六日より九月一日の写真を撮ってきてほしい」

といったのだ。

「その日、何かの記念日なの？」

と、市橋はきいてみた。それに対して勝之介は、

「別に意味はない」

といっただけだった。そのこともあって市橋は、ちょうど九月一日、二日の二日間の休みが取れたので、九月一日の早朝、新幹線で呉に向かった。

それもなぜか、呉から広島に入ってくれと、祖父の勝之介は、市橋に注文をつけたのである。広島の写真を先に撮り、次に呉の写真を撮ればいいと思っているのだが、勝之介はなぜか、呉から広島の順で写真を撮ってきてほしいといったのだ。

勝之介は歳のせいか、あるいは戦中派のせいか、頑固なところがあって、一度いったことは訂正しないし、その理由をいうことも少なかったから、市橋は、勝之介のいうとおりに九月一日に呉、二日に広島の写真を撮ることにした。

ただ、飛行機を使わなかったのは、単にその日の便が取れなかっただけである。

二日間の休みしか取れなかった。したがって、呉一日、広島一日。両方で二日間である。呉も広島も、大きい都市だから写真を撮るのは時間がかかるだろうと思い、市橋は東京駅七時三〇分発の「のぞみ11号」に乗ることにした。これに乗

れば、広島駅には一一時二六分に着く。広島駅からは呉線に乗り換えるつもりだった。

旅行に出る前に市橋は、入院中の祖父、勝之介に向かってきいた。

「呉と広島のどこを撮ってくればいいのかな？」

それに対して、勝之介は市橋にメモを渡しながら、

「ここだけは間違いなく、写真に撮ってきてほしい」

といった。何回も書き直したらしいメモだった。

市橋は、一流企業に入って結婚し、子供を作り、そして五十代で管理部長になり、会社にいわれるがまま、妻子を連れて函館支社に転勤していった父の専太郎よりも、祖父、勝之介のほうが好きだった。

昭和二十年八月六日の広島の原爆。その原爆から助かって戦後を迎えた勝之介は、いわゆる「予科練崩れ」といわれたらしい。

「確かに、死にぞこないという気分はあったね」

と、祖父、勝之介が市橋にいったことがある。

「確かに、乗る飛行機があったら、特攻で死んでいたかもしれない。もし、陸軍に入っていたら、広島の師団に入り原爆で死んでいたかもしれない。だから、確

かに死にぞこないなんだ」

と、いうのである。

もちろん戦後生まれの市橋には「死にぞこない」という言葉もよくわからなかったし、どんな気持ちだったのかもわからない。ただ、何となく市橋には、それが格好よく見えたのだ。勝之介は腕っぷしが強かったので、当時、呉や東京にあった闇のマーケットの用心棒もやったことがあるらしい。

祖父、勝之介は、戦後、三十五歳で結婚。相手は、花江《はなえ》という三十二歳の女性だった。その時、祖父、勝之介は、五反田《ごたんだ》で小さな酒場をやっていた。

「今までサラリーマンをやったことは一度もなかった」

というのは祖父、勝之介の自慢のようでもあり、謙遜のようでもあった。確かに、勝之介はサラリーマンになったことがない。

五反田の酒場は少しずつ大きくなり、専太郎という息子ができた。専太郎は市橋の父である。その専太郎は、自分の父、勝之介を反面教師にしたのかもしれない。真面目に勉強して国立大学を出てサラリーマンになり、上司の娘と結婚。そして、今も一流企業に勤め函館の支社で管理部長である。

勝之介のほうは、花江とわかれたその後も五反田で酒場を続けていたが、六十歳の時に再婚した妻の節子《せつこ》が亡くなると、店を畳み、同じ五反田で小さな喫茶店を始めた。

お客が入っても入らなくても、構わないよというような感じで、今でも、その喫茶店は五反田にある。従業員をひとり使っていたのだが、現在その従業員がウェイトレスひとりと店をやっている。月に一回か二回ぐらいの報告があるだけで、店の状況がどうなっているのかは市橋にもわかっていない。

五反田で祖父、勝之介が始めた酒場の名前は〈すみれ〉である。〈すみれ〉というのは、酒場には合わないような気がして、どうしてそんな店名をつけたのか、以前、市橋がきいてみたことがあった。

それに対して勝之介は、

「すみれが好きなんだ」

としか答えなかった。酒場を閉じて喫茶店を始めた時も、その喫茶店の店名は〈すみれ〉だった。

しかし、祖父、勝之介が、花のすみれを店の名前にするほど好きなようには見えなかった。そんなところもなぜか謎めいて見えて、市橋は好きなのだ。

しかし、市橋は、祖父、勝之介が生きてきた闇市の用心棒とか、酒場の親父といった方向には向かわず、逆に大学を卒業すると警察に入り、五年後の今、二十八歳で警視庁捜査一課の刑事である。

2

市橋は、大学では文学部に入っていた。いっぱしの文学青年で、仲間と同人雑誌を出していた。そのくらいだから、祖父の市橋勝之介の伝記を書いてみたいと思ったこともあった。そのために太平洋戦争、特に戦局が悪くなった昭和二十年頃、原爆が広島に投下された頃のことなど、興味を持って調べたこともある。そんな時に市橋が一番興味を持ったのが、祖父、勝之介が話してくれたことよりも、話さなかったことのほうだった。

予科練出身の勝之介は海軍だから、昭和二十年八月には呉にいた。だから、広島に原爆が投下された時には助かった。そのことを嬉しそうに話すこともあったし、逆に悲しそうな顔になって黙ってしまうこともあった。

市橋は、勝之介が黙ってしまう理由をしりたいのだが、なぜか市橋がしりたい話は、勝之介はしてくれないのである。

祖父、勝之介が結婚した時の写真も、一枚だけ見たことがある。昭和三十五年のことである。結婚式の写真とはいっているが、どう見ても結婚式という感じではない。仲間を集めて自分たちで式を挙げた、という感じの写真だった。

昭和三十五年といえば、ようやく日本が立ち直ってそろそろ戦後から脱却する、そうした時代である。無理すれば結婚式を挙げられたに違いないのだが、なぜか結婚式は挙げていないらしいし、それについて勝之介が話したこともない。

その代わりのように、

「奥さんの名前が花江だからね。店の名前も『すみれ』にしたんだ」

と祖父、勝之介がいったことがある。

これは明らかに嘘である。なぜなら、五反田の酒場は、すでに結婚前に始めていて、その頃から店の名前は〈すみれ〉だったからである。

勝之介はそんな感じで、時々、嘘をつく。なぜ嘘をつくのか。それがすごく興味があって、調べたこともあったのだが、結局、何もわからなかった。

市橋は、大学を卒業し、警察学校に入る頃には同人雑誌もやめ、文学青年でもなくなっていたから、祖父、勝之介のことを調べることもなくなってしまった。

新幹線に揺られながら、市橋はそうした思い出を頭に描いていた。祖父、勝之介は体の頑丈さを自慢していたが、戦中も戦後も、無理を続けてきていたことが九十四歳の今になって、応えてきているらしい。病院の医師も、

「相当無理をしてきていますね。だから、心臓も肺も肝臓も、すべてが傷んでいます。肺癌の恐れもある」

と、市橋を脅かした。

祖父、勝之介のほうは、医師にいわれても笑っていて、

「体の節々が傷んでいるということは、私の勲章みたいなもんだ」

と笑ったが、冷静に考えると、医師は、

「危ない」といっているのである。

(ひょっとすると、このまま死んでしまうかもしれない)

と、市橋は心配した。とても百歳までは生きられそうにない。本人もそう感じて、急に、孫の市橋に呉と広島の写真を撮ってきてくれと頼んだのだろう。

昭和二十年夏、祖父、勝之介は二十歳。青春真っ盛りである。よくも悪くも、戦争が勝之介の青春だったのだ。九十四歳になって百歳までは到底生きられないと覚悟して、急に昭和二十年の二十歳の青春を思い出したのかもしれない。

(祖父にとっての二十歳というのは、どんなだったのだろうか。どんな思い出な

のだろうか）

と、市橋は考える。戦争をしらない市橋にとって、簡単には理解できない勝之介の青春である。

「あの頃は戦争がいつまでも続くだろうと思っていた。だから、戦争で死ぬと覚悟していた」

祖父、勝之介がそんなふうにいったことがある。

二十歳で死ぬ、ということがどんなものか、市橋にはわからない。平気だったのか、それとも怖かったのか。それが、わからないのである。

市橋自身の二十歳。大学二年生だった。その時に死ぬことを考えたことは一度もない。それは市橋だけではない。日本中の今の二十歳はたぶん、普通は死ぬことなんか、少しも考えていないだろう。戦争とは無縁の青春だからだ。そんな青春と、戦争のなかに生きて、自分たちは間もなく死ぬだろうと考える二十歳。わからない。

だが時々、わかりたいと思うことがある。そんな気持ちで太平洋戦争史や、特攻の話などを書いた本を読み漁ったこともある。それで一時はひとかどの戦争通になっていた。

昭和十六年十二月の太平洋戦争を始めた頃、日本の徴兵年齢は二十歳だった。日本の男子は二十歳になれば、国が兵隊として採ることができたということである。

戦争が激化し、兵士がどんどん死んでいく。それにつれて徴兵年齢はさげられていった。最後には十七歳になった。つまり、十七歳になれば、国は兵隊として徴兵することができるのだ。十七歳といえば、今の高校二年生だ。

さらに、志願すれば十五歳でも軍隊に入ることができることにした。それが海軍の予科練であり、陸軍の少年飛行兵である。

勝之介は、その予科練に入った。その時は当然、戦闘機乗りになって、敵と戦いたいと思ったらしい。普通、一人前の戦闘機乗りになるには七、八年の訓練が必要らしいのだが、戦局が悪化すると、二年で卒業させられてしまった。十七歳で予科練に入り十九歳で卒業である。

もし、その時、さらに戦局が悪化していたらどうなったか。

「特攻で、沖縄に侵攻してきたアメリカ艦船に、突っこんでいたかもしれない」

と、勝之介がいったことがある。現に予科練の同期生のなかには、沖縄戦の時、特攻で死んだ者も、何人もいたらしい。

「私が特攻にいかなかったのは、乗る飛行機がなかったからで、ほかに理由はない」

と、勝之介が笑ったこともあった。たぶん、それは事実だろう。そのため、勝之介は呉の海軍基地で働くほうに回されたが、どんなことをやっていたのかときくと、

「本土決戦が現実化してくると毎日、上陸してくるアメリカ軍の艦船に向かって、機雷を抱いて体当たりをする訓練をやらされたよ。飛行機の特攻じゃないが、同じ特攻だな」

と、いう。

市橋が本で調べてみると、日本の各地、特にアメリカ軍が上陸してきそうな海岸では、同じような訓練が続けられていたらしい。守る日本軍にとって上陸してくるアメリカ軍の最大の敵は戦車である。そして、上陸用舟艇《じょうりくようしゅうてい》である。だから、それを叩くために各自が艦船に対して、機雷を抱いて体当たりする。そのような訓練がおこなわれていたのだ。

戦争が終わるまでの間に、アメリカ軍が呉に上陸してきたら、たぶん祖父、勝之介のいうとおりに機雷を抱いて死んでいただろう。途中で終戦になったので

「予科練崩れ」「生き残り」という話になってくるのである。

「高倉健の世界だね」

と、市橋がいうと、勝之介は、

「そんな格好のいいもんじゃあない」

とだけ答えたことがあった。

戦争が終わった時、祖父、勝之介は東京の生まれだが、すぐには東京へ帰らなかった。何しろ東京はB29の爆撃で、焼け野原になっていた。そのため、東京の人間でも終戦直後は、現地で暮らす者も多かったらしい。勝之介もそのひとりで、すぐに東京には帰らずに三年近く呉で暮らしていたらしい。

その時も呉の闇市の用心棒をやっていたらしいのだが、なぜか、その話はしたがらない。東京に戻ってからのことはよく話すのに、呉での三年近くの間のことは、なぜか話したがらない。

広島の原爆の話も同じだった。

「呉にいたおかげで助かったよ」

と、いかにも楽しそうにいう時もあれば、機嫌の悪い時には、

「そんな話はやめだ」

と、怒鳴る時もあった。

どうやら勝之介にとって太平洋戦争というものは、一面楽しくもあり、一面悲しくもある。そんな感じなんだと市橋は理解した。

九十四歳で死を考えるようになった今、勝之介はどんなふうに戦争と戦後を考えているのだろうか。刑事としての仕事が忙しく、じっくり考えることもなかったのだが、こうして休みが取れて新幹線に揺られていると、考えてしまう。

京都《きょうと》をすぎたあたりで少し眠った。姫路《ひめじ》あたりで目が覚め、定刻の一一時二六分に広島で「のぞみ11号」を降りる。呉線は一一時四〇分広島発なので、すぐにホームを移り、呉にいく快速に乗りこんだ。

市橋は広島にはきたことはあったが、呉線に乗ったことはない。赤と白のツートンで、前照灯が目玉のようなデザインになっている。最近、観光列車というのか、こうしたデザインの列車が多くなった。

呉線は広島と三原《みはら》を結び、海岸線を走る。その途中にかつての軍港、呉があるから、最近は観光客を呼ぶために、こんなデザインにしたのだろう。快速なので一時間足らずで呉に着いた。

JR呉駅は、ガラス張りの近代的な建物だった。〈KURE　STATIO

N〉という英語の看板がかかっている。昭和二十年、勝之介がここにいた時の呉駅は、どんな様子だったのだろうか。そんなことを考えながら、勝之介が書いてよこしたメモにしたがって、海上自衛隊の呉地方総監部を訪ねてみる。

最近、戦跡《せんせき》観光団みたいなグループがあって、市橋が降りた時も、数人のグループがカメラを片手に歩いていた。市橋と同じように、呉地方総監部を訪ねて、やたらに写真を撮っている。

若い男性もいれば女性もいるし、中年の男性もいる。いずれのグループも市橋と同じように戦後生まれで戦争はしらないはずだ。それが今、観光として日本中の戦跡を見て回り、写真を撮っているのである。何か、面白くも見えるし、危なっかしくもある。

(祖父が見たら、この光景をどう感じるだろうか)

そんなふうに考えたのも、今度の旅行が勝之介に頼まれた旅行だったからだろう。

建物のなかを見ることもできた。昔は、たぶん旧海軍が使っていたのだ。なかに入る。講堂のような部屋があって、そこには日の丸と海軍の旭日旗が飾られていた。

建物の近くには、日本海軍が使っていた地下作戦室もあって、それを見学することができた。空襲とアメリカ軍の上陸に備えて造られたものだろう。勝之介も、そこに、入ったことがあるのだろうか。

海岸に出ると、さすがに今でも軍港である。海上自衛隊の艦船が、ずらりと並んでいた。潜水艦もいれば、F35ジェット戦闘機を載せるかどうかで問題となっている空母型の護衛艦も一隻、係留されていた。昔だったら、それを、写真に撮ることもできなかっただろうし、憲兵に捕まっていただろうが、今は平気で観光団は、ぱちぱちと盛んに写真を撮っていた。

戦艦大和を建造したという巨大なドックがあった。そのドックは今も稼働している。近くに〈噫《ああ》戦艦大和塔〉という、コンクリートの記念碑が見えた。それも市橋は写真に収めた。入船山《いりふねやま》という名前の公園もあったが、不思議な公園である。

公園といえば、平和の象徴の感じだが、この公園には軍艦の巨大な主砲が飾られていたのである。いかにも軍港のなかの公園という感じだった。

呉の街も写真に撮ってほしいということなので、市橋は観光団と離れて、街に入っていった。一見した感じでは、どこにでもあるような街である。麗女《うるめ》通《どおり》という看板のついた商店街もあった。そこには〈明るい街 楽しい通〉という文字があった。軍港らしくない名前だが、これも、平和だからだろう。軍港らしい看板もあった。軍服や軍艦の模型を売っている店である。まだ開店時間ではないので、閉まっていた。飲み屋街もあった。勝之介は終戦後、三年近くこの呉で働いていたというから、この飲み屋街で用心棒をやっていたのかもしれない。

そう思って、まだ店は閉まっていたが、丁寧に写真を撮っておくことにした。

呉中央桟橋ターミナルにいく。こちらは軍港ではなくて、民間の港である。沖には巨大なタンカーの姿も見られたし、観光船が桟橋に停まっていた。船乗り場には、四国《しこく》の松山《まつやま》行の連絡船が停まっていた。昔も今も瀬戸内海は、交通の要衝《ようしょう》なのだ。

「艦船巡り」

という案内所もあった。ここで申しこめば船で呉軍港を一回りして、そこに停泊している軍艦の説明をしてくれるのだろうか。忙しいので、艦船巡りの受付のようすを写真に撮っただけで、申しこむことはしなかった。

歩いているうちに、ここには、大和記念館があることを思い出した。案内のパ

ンフレットには、

〈戦艦大和の巨大な模型のほかに、海軍の戦闘機などの実物も置かれている〉

と書かれている。

しかし、なぜか祖父、勝之介から写真に撮ってきてくれと頼まれたメモには、大和記念館の文字はなかった。呉駅でもらったパンフレットには、実物の潜水艦も飾ってあって、内部も見学できるとある。

しかし、それも勝之介のメモには入っていない。考えてみれば、当時、大和記念館はなかったのだから、勝之介はその名前をメモに書かなかったのか？　あるいは模型には興味がないのか？

呉には、いわゆる戦争遺跡が無数に存在する。駅を出てすぐ見にいった呉地方総監部の建物もそうだし、今もそのまま使われている軍港も同じである。ほかにも海軍潜水学校、防空監視所、呉海軍工廠、呉鎮守府、高島砲台《たかしまほうだい》。やたらに監視所跡が多いのは、呉に対してアメリカ軍の爆撃が熾烈になったことに対する対応なのだろう。そんなところも、メモに書いてあったので、市橋は写真に撮っていった。

昭和二十年、勝之介がいたという呉の海軍基地。そこは現在使われていないので、海軍基地跡である。そこを丁寧に何枚も写真に撮った。

この海岸で、上陸してくるアメリカ軍の艦船に対して、体当たり攻撃の訓練を毎日やっていたのかと思いながら、市橋はカメラのシャッターを押した。

戦争記念館には、戦争中や終戦直後の呉の写真が飾られてあった。これも勝之介のメモにあったので、許可をもらってその写真を何枚か撮った。

そこには観光客の姿も多かった。確かに、終戦前後の呉の様子をしるのは楽しい。例えば昭和二十年三月十九日に、呉はアメリカ軍の艦載機の攻撃を受けたのだが、その時、沖で退避行動を取っている戦艦大和の写真も載っていた。二カ月後の五月には、戦艦大和は呉を出港して沖縄に向かい、アメリカ軍の艦載機の攻撃を受けて沈没する。

したがって、戦艦大和は昭和二十年には、ずっと呉にいたことになる。

戦争が終わると、連合軍（主としてアメリカ軍）が呉に入ってきた。残存していた日本軍の軍艦はすべて呉に集められ、破壊された。その時に撮った写真も何枚も飾ってあった。

ずらりと並んだ特殊潜航艇の写真、上空から撮った当時の呉軍港の写真もあった。どれも戦後になって、アメリカ軍から寄贈されたものらしい。

アメリカ軍は当時、呉を空襲するたびに上空から写真を撮っていた。日本がまだ太平洋戦争に突入する前の、呉の写真もあった。建造中の戦艦大和の写真。進水する日本海軍自慢の重巡の写真。この呉という街は戦前、戦中、戦後、そして現在も軍港なのである。

街のなかの食堂で夕食をすませたあと、市橋は軍港近くの旅館に入った。旅館に落ち着いてから、今日の様子を、入院中の勝之介にしらせようかと思ったが、やめた。帰ってから、写真を見せながらじっくりと、今の呉の様子を話したほうがよいと思ったからである。それに、少しばかり疲れてもいた。

泊まり客は多く、満室だという。旅館の主人は嬉しそうに、

「最近は、お客さんも増えましたよ」

と、いう。

今日は九月一日。秋の観光シーズンである。そのせいか、それとも戦争が観光になるようになったのか。

その日の夜中に、市橋の泊まった旅館で事件が起きた。それも、殺人事件だっ

た。

3

被害者は、ひとりで観光にきていた、中年の男性だった。それが、朝になって死んでいるのが発見され、大騒ぎになったのである。

旅館がすぐに救急車を呼んだが、すでに手遅れで、死亡していることが確認された。呉警察署のパトカーも駆けつけてきた。

発見されたのは朝だが、死亡したのはどうやら前日、九月一日の午後十一時から十二時頃らしい。浴衣が血に染まっていた。後頭部に裂傷があり、それと叫び声などを誰もきいていないから、たぶん犯人は、いきなり後頭部を殴り、気絶させておいてから刺したらしい。

パトカーで駆けつけてきた呉警察署の刑事たちがそんな会話をしているのを、市橋はきいた。

市橋は現職の刑事なので興味が湧いたが、二日目には広島にいかなければならないので、呉警察署の刑事たちの会話をきいただけで、市橋は広島に向かった。

それが少しばかり予定よりも遅れてしまったのは、市橋が、被害者と同じ旅館に泊まっていたということで、事情聴取を受けることになったからである。

ほかの泊まり客は、いまだに拘束されていたが、市橋が現職の、それも警視庁の刑事だったので早い段階で解放してくれた。

その代わり、市橋は警視庁捜査一課の名刺を渡し、もし何か用があればと、自分の携帯電話の番号を教えてからの出発だった。

ただ旅館が呉警察署によって、封鎖されてしまったので旅館での朝食が取れず、外の食堂で食事をすませてから、呉線で広島に向かった。昼近くに広島に到着。

広島は不思議な街である。戦争をしらない市橋でもそう思うことがある。昭和二十年八月六日、原爆を投下されて十万人の死者を出し、その後も後遺症で亡くなっていく人たちがいた。

当時の新聞、あるいは本を読むと、

〈広島は死んでしまった〉

〈広島の復興は不可能〉

と、書かれている。

原爆を投下したアメリカ軍の調査団でさえ、将来、ここに人間が住むことはできないだろうと報告していた。それが、奇跡の復興を果たした。今や、戦前を超す人口百四十万人の大都市である。

戦前、広島は陸軍の軍都として有名だった。日清戦争の時は広島に軍令部が置かれ、天皇の行幸を仰いだ。つまり、一時的に日本の首都になったこともあるという街である。

今は陸軍の都市という感じは、あまりしない。それよりも広島カープの街としてのほうが有名である。

しかし、戦争の傷跡は、いくらでも見つけることができる。それも、かつての軍都らしく、日清戦争から太平洋戦争までの戦跡である。

広島城内には、日清戦争の時に大本営が置かれたという、その跡地がある。

ただし、広島陸軍宿所があったところには〈支廟建物〉という看板がかかっていて、

〈この建物は昭和二十年八月六日の原爆にも耐え、その姿を今日にも残しています〉

と、書かれている。被爆したが、建物は、かろうじて残っていたのだ。

もちろん、最大の建物は原爆記念館である。勝之介のメモにも、原爆記念館のことは書いてあったから、市橋は生まれて初めて原爆記念館に入り、なかを見て回った。

広島は軍都と呼ばれ、世界で最初の原爆を投下された街だから、原爆で被害を受けた軍関係の建物も多い。陸軍の糧秣《りょうまつ》工場は、今は郷土資料館になっている。B29の爆撃や、艦載機の攻撃に備えて、広島市内にはいくつもの高射砲陣地があった。その二カ所は今、観光地になっており市が管理していて、高射砲を備えつけていたというコンクリートの基礎が残っていた。

広島は海にも広がっていて、沖合いの島も戦争の跡地である。陸軍の軍都だった広島、そして、海軍の鎮守府があった呉。この二つは、ほとんど接近しているから、この二つをまとめて考えれば、巨大な陸海軍の基地だった、ということになる。

昼食に市内で広島名物の牡蠣を食べながらパンフレットを見ると、広島と呉だけではなく、その周辺には多くの軍の施設があったことがわかる。近くには毒ガスで有名な大久野島《おおくのじま》があるし、岩国《いわくに》には海軍兵学校の分校と軍の飛行場があった。

今は観光地として人気のある安芸《あき》の宮島《みやじま》にしてみても、戦争中には軍の施設があったのである。

安芸の宮島の裏手には、観光客があまりいかないが、そこにも砲台が三カ所に築かれていたし、それも厳島神社《いつくしまじんじゃ》の近くに砲台があり、兵舎も築かれていたのである。そう見ていくと、あの周辺一帯は完全な戦争の傷跡である。

それでも勝之介のメモには、呉と広島しか書いていなかったので、大久野島や安芸の宮島にいくことは中止した。それに、その時間も余裕もなかった。

休暇は二日間である。

広島では、爆心地に近いホテルにチェックインした。ホテルで夕食を取っている時に電話があった。

勝之介からかと思ったが、呉警察署からだった。もう一度、話をききたいことがあるので、呉警察署にきていただきたいという電話だった。

時間がかかりそうなので、その旨、警視庁の上司に伝えたあと、翌朝もう一度、呉に戻り、警察署に出頭した。

市橋を迎えたのは、広島県警本部の安藤という警部だった。

「わざわざお出でいただいて恐縮です」

と、いってから、

「確か、お名前は市橋さんでしたね？」

「そうです」

と、答えると、

「昨日、名刺をいただきましたが、呉の旅館で殺された男のことです。名前は榊原悠二《さかきばらゆうじ》といい、住所は不定です。職業も不詳。旅館の宿泊カードには東京都世田谷《せたがや》区の住所が書いてありましたが、この住所はまったくのでたらめでした。ただ、この男が、こんな名刺を持っていましてね」

と、安藤警部が、見せたのは「市橋勝之介」という名刺だった。

名前だけ印刷されていて、ほかには住所も電話番号もない。ぶっきらぼうな名刺である。

「たまたま同じ市橋という名字なので、ひょっとしたら市橋さんがしっている方なのではないかと思って、お呼びしたのですが」

と、安藤がいう。

「市橋勝之介というのは、私の祖父の名前です」

市橋は答えたが、すぐに続けて、

「しかし、同姓の別人だと思います」

と、いった。

「市橋さんのお祖父さんは、今もご健在ですか？」

もう一度、安藤がきく。

「今年で九十四歳ですが、現在、東京で入院中です」

「男が持っていたのは、お祖父さんの名刺ではありませんか？」

「違うと思いますね」

「どうしてですか？」

市橋は、しつこいな、と思いながらも、

「私の祖父は、あまり名刺を持ったことがないんです。それでも二度だけ持ったことがありますが、その名刺には店名と住所、電話番号が書いてありました。今は持っていませんが、東京に帰ったら探してお送りしますよ。こんな、名前だけの名刺は見たことがありません」

と、いった。安藤は、

「なるほど」

と、うなずいたが、完全に納得した顔ではなかった。そのあとに、

「ところで」

と、続けたからである。

「市橋さんのお祖父さんの勝之介さんは、何か呉に関係のある方ですか？」

と、きいてきた。仕方がないので、

「戦争中、祖父は、予科練の出身で、呉の海軍基地にいたことがあります。二十歳の時で広島に原爆が投下された時ですよ。呉にいたので助かって、その後東京で生活し、呉で生活したことはありません」

と、市橋はいった。

「呉の海軍基地にいたのは、昭和二十年ですね」

「そうです。しかし、その時だけですよ。それも呉で生活していたというのも、海軍の基地で働いていたということで、別に呉の人間というよりも、呉の海軍の兵士といったほうが、適切だと思いますね」

喋りながら、市橋は、なぜこんな弁論をしなければならないのかと、自分に腹が立った。

さらに安藤警部は、

「市橋勝之介さんは、現在、入院中なんでしたね？」

と、きく。

「東京の病院に、入院中です」

「もし、連絡を取るとしたら市橋さんを通せばいいわけですか？」

「そうしていただければ、私が祖父に連絡を取りますよ」

と、市橋はいってから、しつこいことに腹が立って、

「昨日の殺人事件は、どうなっていますか？」

と、逆に、きいた。

「最初は簡単な事件だと思いました。観光シーズンで、最近は呉や広島、あるいは近くの安芸の宮島にやってくる観光客が多くなりましてね。そういう観光客を狙った事件があるんです。観光客は、お金を持っている。それを狙って深夜、旅館やホテルに忍びこんで相手を脅したり殴ったりして、所持金を奪う。そんな事件が最近、特に多いのです。その一つかと思ったんですが、調べていくと、被害

者が所持していた百万円という現金が、奪われていないんですよ。百万円といえば、大金ですからね。なぜ、犯人はそれを奪わなかったのか。それに、被害者の男にも不審な点があります。住所不定、職業不詳で、それなのに、百万円という現金を持って歩いている。その百万円は封をして、服のポケットに入っていましたし、ほかに現金五万円あまりを持っていました。つまり、旅費とは別に百万円という、まとまった現金を持って歩いていたわけです。住所不定、職業不詳の人間が、なぜそんな大金を持って呉にきていたのか。そのことに疑問がありましてね。これは、ちょっと面倒な事件になるのではないか。そういう話になっているんです。それで、市橋さんにいろいろと質問をして、申しわけないと思っています」

と、最後に安藤警部は、市橋に謝った。

4

市橋は、東京に帰るとすぐ警視庁にいき、呉で事件にぶつかったことを上司に報告した。

市橋勝之介の名刺のことは内緒にした。名刺の名前は同じだが、勝之介とは関係がないと思ったからである。それでも、警視庁の帰りに世田谷の病院へ、勝之介に会いに寄った。

祖父の勝之介は市橋の顔を見ると、にっこりして、

「だいぶよくなったよ。杖をつけば病院のなかを歩くことができるようになったんだ」

しかし、横にいた看護師は、小さく首を横に振っていた。

それでも、勝之介は元気に、

「呉や広島の様子をきかせてくれ。撮った写真も見せてくれ」

市橋は、カメラに入れてきた写真を見せ、呉と広島の街の様子を話したあと、

「お祖父さんは、あまり名刺を持たなかったんだよね？」

と、きいた。

「何しろ、仕事が仕事だからね。サラリーマンじゃないから」

「それでも名刺を持ったことがあったね。もらったことがあるから。確か最近の名刺は、喫茶店『すみれ』の名前の入った名刺だった」

「ああ、そうだよ。お得意さんに配ったんだよ」

「その前、五反田で酒場をやっていた時の名刺をもらったことがあったけど、その時の名刺にも確か、酒場『すみれ』の名前と住所、電話番号が書いてあった」

「そりゃそうさ。お得意さんにあげる名刺だから」

と、勝之介がいう。

「今までに店名のない名刺を持ったことはない？　自分の名前だけしか書いていない、そっけない名刺だよ」

と、市橋がきいた。

「ないよ。だって、そんな名刺、作ったってしょうがないじゃないか」

と、勝之介がいう。

それで、名刺についての会話は終わりにした。

どうやら、呉の警察署で見せられた名刺は、勝之介の名刺ではないらしい。少しばかりほっとしたが、その後、医師にきくと、

「とてもすぐに退院というわけにはいきませんよ。あと一カ月くらいは入院してもらって様子を見ないと」

と、いわれた。

その夜、勝之介は病院を抜け出した。

そのしらせを受けて、深夜、車を飛ばして市橋が駆けつけると、担当の看護師長が怒りをぶつけてきた。

「困るんですよ。それに、患者さんの体も心配です。担当の先生もいっていたでしょう。あと一カ月は入院が必要だというのに、抜け出したんですから」

背広に着替え、靴を履き、愛用の帽子をかぶって、所持品はすべてポケットに入れて抜け出したのだという。医師も当惑した顔で、市橋にいった。

「そちらには帰っていないんですか?」

「ええ、帰っていません」

「とにかく、すぐに探してくださいよ。心配ですからね」

医師がいった。市橋は、

(呉だ)

と、確信した。それでも一応、函館の専太郎に連絡すると驚いて、

「何があったんだ? こちらにはきていないし、何の連絡もない」

と、いった。

やはり、呉なのだ。それも市橋の話に絡んで、突然病院を抜け出したに違いない。医師は、少なくとも、あと一カ月の入院が必要だというし、体のことも心配

だったし、何のために病院を抜け出したのかもわからない。市橋には、勝之介が呉にいったという確信はあるのだが、その理由がわからなかった。

翌日、警視庁に出勤し、上司の十津川警部に相談した。

「何で病院を抜け出したのかがわかりませんが、どうも呉にいったと思うのです。心配なので、呉にいかせてもらえませんか？」

「確か、君が呉にいった九月一日に、呉で殺人事件が起きていたね？」

「そうです。私が泊まった旅館で中年の男が殺されました。宿泊カードには、東京世田谷の住所が書いてあったそうですが、その住所はでたらめでした。呉の警察では当初、簡単な事件、観光客の金を狙った犯行だと思ったそうですが、被害者が持っていた百万円の現金がそのまま残っていたので、難しい事件になりそうだと、いっていたんです。それに祖父が関係しているとしたら、心配なんです」

「それなら、すぐいきなさい」

と、十津川がいってくれた。

休暇届を出して、そのまま新幹線で広島へ向かった。

広島から呉線で呉に着いたのは、午後二時に近かった。呉警察署にいって、安藤という警部に事情を話そうとしたが、それはやめて九月一日に泊まった旅館にいってみることにした。

もちろん、旅館の女将《おかみ》も市橋のことを覚えていて、

「今度は、どんな御用でいらっしゃったんですか？」

と、きく。勝之介の名前を出すわけにはいかないので、

「誰か、私が、ここに泊まったことをききにきた人はいませんか？」

と、きいてみた。

「いいえ、そういう方はいませんけど。何かあるんですか？」

と、きき返された。

「いいえ、何もありません。もう一度、呉の街を見たくてきただけです」

と、逃げた。

その後、勝之介が書いたメモを取り出し、勝之介に写真を撮ってきてくれと頼まれた場所を、前と同じように歩いてみることにした。

ひょっとすると、病院を抜け出した勝之介が、そうした場所を訪ね歩いているかもしれないと、そう思ったからである。

メモどおりに、九月一日と同じ順番に街を歩いていく。今日も、観光客が集団で固まって歩いている。九月一日に寄った食堂ではオーナーと店の従業員に、元

気にしているころの祖父、勝之介の写真を見せて、

「この人が店にきたことはありませんか?」

と、きいてみた。

答えはいずれも「ノー」だった。

ほかの記念館でも、受付で同じ質問をしてみたが、勝之介を見たという返事は、なかった。

市橋は海岸に腰をおろして、ため息をついた。

どうやら勝之介は、この呉にはきていないらしい。いや、すでにきていて、街のどこかに隠れているのか?

沖を見ると、九月一日と同じように自衛隊の艦船が、ずらりと並んでいる。戦時中の軍港、そして今も軍港である。同時に観光客の溢れる観光地である。

そして、昔、その両方に関係していた勝之介が突然、病院を抜け出して行方不明になってしまった。

まるで三題噺《さんだいばなし》なのだ。

一応、上司の十津川には、呉にきたが、勝之介は見つからないむねを携帯電話で伝えた。

「もう一日休暇をいただいて、呉の街を探してみます。それでも見つからなければ、東京に帰ります」

同じ旅館に泊まり、夕食を取った。夕食の時にも勝之介のことをきいたのだが、そうした名前の人からは連絡はなかったし、泊まる予約もないということだった。

翌朝、目を覚ますと、すぐにテレビのスイッチを入れた。朝のニュースになったが、その最初のニュースを見て、市橋は愕然としてしまった。

広島の繁華街で、昨夜、観光客の老人が襲われて病院に運ばれたというのである。

「何者かに襲われて、現金を奪われたのは東京在住の市橋勝之介さん、九十四歳です。観光で広島にきていて、昨夜、犯人に後頭部を殴られて失神。その際に財布ごと現金を奪われたものと思われます。犯人は、まだ逃走中です」

ニュースはそれだけだった。

市橋はすぐチェックアウトすると、呉線ではまだるっこしいので、タクシーに乗って、広島市内の勝之介が入院している病院へ、急行した。

市の中心に近い救急病院である。勝之介は個室に入っていたが、病室の前には広島県警の警官がガードしていた。

その警官に、警察手帳を見せてなかに入れてもらった。

ベッドで寝ている勝之介のそばには、看護師がつき添っていた。その看護師にも、市橋は警察手帳を見せて、

「孫です」

と、伝えると、

「今、睡眠薬を打ったので寝ておられます。あと一時間ほどすれば目を覚ますと思いますので、それまでお待ちください」

と、いわれた。

確かに小声で、名前を呼んでも、勝之介は、目を閉じたままで反応がない。その階のナースセンターにいき、ニュースに出ていた看護師長に会って、話をきいてみた。

「お孫さんですか」

と、いってから、中年の看護師長は、

「昨日の深夜、もう朝に近かったですよ。救急車で運ばれてきましてね。後頭部に裂傷があって、意識不明の状態でした。つき添ってきた広島の警察の人の話で

は、昨日の夜、広島中央の飲み屋街を歩いていたところを狙われたらしいということでした。所持金がなかったので、所持金狙いの犯行でしょうといっていました」

「それで、祖父の容態はどうなんですか？」

「先生は、命には別状がないとおっしゃっていますけど、何しろお歳がお歳ですからね。心配ですよ」

と、看護師長が答えた。

襲われたのは、地図から見ると、広島南警察署の管轄内である。

勝之介が眠りから覚めるまで一時間ほどかかるというので、市橋は広島南警察署に出向いた。

受付で、ここでも警察手帳を見せる。今度は、広島県警の久保という刑事が出てきて、

「警視庁の刑事さんですか？」

と、笑顔を向けてきた。

勝之介が襲われ、発見された時の様子を説明してくれた。

「どう見ても、所持金狙いの物盗りの犯行です。容疑者は何人もいますから、そ

のうちに犯人が見つかりますよ。安心しておいてください」

と、久保刑事は、いう。

「隣の県で事件が起きていますが、これと関係がありますか？」

と、市橋はきいてみた。

久保は笑って、

「関係ありませんね。犯行の形が違いますから。向こうは旅館に泊まっているところを狙われましたが、所持金は奪われていません。こちらは街のなかで襲われ、しかも所持金を奪われていますから。犯行の形がまったく違っていますよ」

と、いうのだ。

「現金のほかに、何か盗られたものがありますか？」

と、きいてみた。

「現金のほかに、ですか？」

「そうです」

「しかし、襲われた市橋さんのお祖父さんは、九十四歳でしょう？　そんな高齢でもどこかにお勤めだったんですか？」

「いや、祖父は、自分で小さな喫茶店をやっていました。それで一応、お客さんに渡す名刺を作っていたのですが、その名刺を、奪われていませんでしたか？」

「名刺は持っていませんでしたよ。観光旅行にきていたんでしょう？　それに、企業のサラリーマンではなく、自分で喫茶店をやっていたのなら、名刺を持ち歩くことはないと思いますけどね」

と、久保がいう。

「それでは、名刺は見つからなかったんですね？」

市橋は、念を押した。

それに、むっとしたのか、

「名刺は、持っていませんでした」

と、いい直した。

第二章　戦争の亡霊

1

市橋が病院に戻ってみると、祖父の勝之介は、ようやく目を覚ましていた。

市橋を見て、勝之介はベッドの上に起きあがったが、包帯の巻かれた頭を押さえながら、いった。

「びっくりしたろうね」

「当然でしょう」

市橋が、ちらりと目をやると、看護師は、気を利かせて病室を出ていった。

「病院を抜け出したそうじゃありませんか」

と、市橋がいった。続けて、

「東京の病院を抜け出して、広島にきたんでしょう？　そして広島で襲われて、また病院に運ばれた。いったい何があったんですか？　何をしたんですか？」

と、市橋は、少しばかり腹を立てて、きいた。

「頭が痛いんだ。だから、今は何もいいたくない」

と、勝之介は、いかにも不機嫌そうな顔で、いう。

市橋は、ベッドのそばに、ゆっくり腰をおろして、

「突然、病院を抜け出したというので、おそらく呉にいったんじゃないかと、そう思って、わざわざ休暇をもらって呉までいったんです。いったい何があって、どうしたというのですか？　本当のことを話してください。そうじゃないと、上司に報告できないから」

と、いった。

それでも、勝之介は、

「頭が痛い。ずきずきする。喋りたくても、これでは何も喋れない。本当に頭が痛いんだよ」

と、繰り返す。

さらに、市橋が質問を続けようとすると、勝之介は、いきなりベルを鳴らし

て、看護師を呼んで、

「頭が痛いので、この孫に、帰ってくれるようにいってくれ。今、誰とも話をする元気もないんだ。それよりも、何か痛み止めを打ってくれませんかね。痛くて、我慢ができないんだ」

と、訴えるのである。

看護師が、困ったように市橋を見る。仕方がないので、

「時間を置いて、またきます」

といって、市橋は、病室を出た。

勝之介が、頭が痛くて話ができないというのは、おそらく嘘だろう。東京の病院を抜け出したことも、広島で襲われたことも、何も話したくないのだ。そうとしか思えなかった。

病院をあとにすると、市橋は、勝之介が襲われたという場所に、いってみることにした。

夜にはどうなっているかわからないが、何ということもない、普通の歓楽街である。地図で見てみると、爆心地に近い。

市橋は、近くにあったカフェに入り、コーヒーを飲みながら、そこのママさん

に話をきいてみた。

「戦争中、このあたりには、何があったんですか?」

若いママさんは、すぐには返事をせずに「広島 今と昔」というパンフレットを見ながら、

「どうやら、陸軍の病院があったみたいですね。でも、原爆で跡形もなく消えて、その時に入院していた人たちは、全員死亡したといわれています」

と、教えてくれた。

市橋は、全員死亡という言葉に一瞬、どきっとしたが、勝之介は、その病院に入院していたわけではない。原爆が投下された時は、勝之介は、呉にいて助かったのである。

とすれば、関係はないだろう。

それに、勝之介は、予科練あがりで、海軍の人間である。ここで被害に遭ったのは、陸軍の病院だから、なおさら無関係のはずである。

カフェを出たあと、勝之介がメモした、いわゆる戦跡を歩いてみたが、勝之介が狙われたこととの関係は、わからなかった。

夕食を広島市内でとり、もう一度、病院を訪ねていった。

が、今度も勝之介は、何も話してくれなかった。とにかく、やたらに不機嫌で、広島にきた理由や、襲われたことについてきくと、怒り出すのである。

医師にきくと、最低でも一カ月くらいの入院が必要だといわれてしまった。

しかし、一カ月も広島に留まっているわけにもいかないので、仕方なく、医師や看護師にお礼をいい、何かあったらすぐにしらせてくれるようにと、電話番号を教えてから、市橋は、東京に帰ることにした。

帰京して、十津川に報告すると、

「少し心配だな」

と、十津川は、いった。

「向こうでは、物盗りの犯行ではないかと見ています」

「しかし、広島県警から、君についての問い合わせがあったよ」

市橋は、その言葉に驚いて、

「何のための問い合わせですか？」

「それはもちろん、君が、広島で襲われた市橋勝之介さんの孫だからだ」

「しかし、向こうは、単純な物盗りだと見ているんですが」

「いや、君には、そういったのかもしれないが、どうやら、そんなふうには、見ていないようだよ。だから、君について問い合わせてきたんだ」

「どんな問い合わせですか？」

「君が間違いなく、市橋勝之介さんの孫であるかどうか。それから、君が担当した最近の事件についても、いろいろときいてきた」

と、十津川は、いう。

「そうですか。しかし、祖父が襲われたことと、私とは何の関係もないのではないかと思いますが」

「確かにそのとおりだが、向こうは、ひょっとすると、君が過去に扱った事件に絡んで、祖父の勝之介さんが狙われているのかもしれない。おそらく、そんなふうに考えているんだろう。もちろん、強盗の線も調べているだろうがね」

と、十津川は、いうのである。

「これから私は、どうしたらいいでしょうか？」

「勝之介さんが退院して帰ってきたら、きいてみるといい。今回襲われたことに関して、何か、思い当たることがあるかもしれないからね。もし、それがわかったら、広島県警にしらせてやったらいい」

十津川が、いった。

そのあとで、

「君のほうには、心当たりはまったくないのか?」

「それなんですが、名刺が引っかかっています」

と、市橋は、いった。

「名刺?」

「ええ、そうです。祖父が、昔作ったかもしれないという名刺なんです。市橋勝之介という、名前だけが刷られた名刺なんですが、呉で起きた殺人事件の被害者が、それを持っていたといいます。そのあとで、祖父が広島で襲われていますから、何となく気になっているのです」

「それは、本物の、お祖父さんの名刺なのか?」

「それが、はっきりとはわからないのです。祖父は戦後、酒場をやっていて、そのあとで喫茶店をやっているのですが、その時には間違いなく、名刺を作っているのです。その名刺には名前だけではなく、店の名前や住所、電話番号も書いてありました。私も、祖父から名刺をもらっていますから、よく覚えています。ですから、名前だけの名刺というのは、一度も見たことがないのです」

「そうすると、呉の被害者が持っていた名刺は、同名異人の名刺か?」

「ええ、私もそう思って、呉の刑事には、祖父のものではないと、いっておいたのですが」

「しかし、気になるのか？」

「祖父が襲われたあと、何となく気になり始めました」

「しかし、君のしっているお祖父さんの名刺は全部、店の名前や住所も電話番号も書いてあったんだろう？」

「そうなんですが、ひょっとすると、名前だけの名刺も、祖父は作っていたのかもしれないのです」

「どうしてそう思うんだ？」

当然のことのように、十津川が、きいてきた。

市橋は、少し考えてから、

「祖父は、戦争の話を嬉しそうにする時もあれば、悲しそうな顔をする時もあり、あるいは、怒ったような顔をして、黙りこんでしまうこともあるんです。ですから、祖父は戦時中、あるいは、戦後についてさまざまな思いを持っているんじゃないのかと、そんなふうに考えてしまうんですよ。ですから、何かの理由があって、名前だけの名刺も作ったのではないか。そう考えるようになってきています」

市橋は、今の正直な気持ちを、いった。

「今の話を、もう少し詳しくきかせてもらいたいな」

と、十津川が、いう。

「どんな話ですか？」

「戦争について、お祖父さんには、さまざまな思いがあったという、その話だよ。お祖父さんと戦争のことをききたいね」

と、十津川は、いった。

十津川は亀井刑事も呼んで、市橋のためにコーヒーを淹《い》れてくれた。

「私も、戦争に関心があってね。時々、太平洋戦争について書かれた本を読んだりしているんだ。しかし、どうしても実感が持てなくてね。ただ、君の場合は少し違うだろう。戦争体験者のお祖父さんが、そばにいるんだからね」

亀井刑事も、市橋の祖父の勝之介が体験した、戦争の話をききたがった。

市橋が、予科練のことについて簡単に話すと、亀井は、

「そうか。君のお祖父さんは予科練の出身で、戦友のなかには、特攻で死んだ人もいたのか」

「そうなんです。何人かの戦友が、特攻で死んでいると、祖父はいっていました。だから、助かった自分は特攻崩れといわれたり、生き残りと、罵声を浴びせられたりしたこともあったそうです。それで、戦争が終わっても、まともな職業には就かず、しばらくの間、闇市で用心棒のようなことをしていたらしいのです」

「まるで、健さんの世界だな」

と、亀井が、笑った。

市橋も笑って、

「私も同じことをいったら、祖父に怒られました。そんな面白いものじゃないって」

「その後、お祖父さんは、いったい何をしたんだ？」

亀井が、神妙な顔でいった。

「東京の五反田で、酒場を始めています。『すみれ』という名前の店です」

「『すみれ』か。ずいぶん優しい名前なんだな」

と、亀井が、いう。

「そうなんですよ。六十歳まで酒場をやっていて、その後は、小さな喫茶店をやっています。今でもその店はありますが、店名も『すみれ』です」

「お祖父さんには、すみれという名前の、好きな女性がいたんじゃないのか？　それとも、奥さんの名前が、すみれなのか？」

「私も、そう思ったんですが、祖父が結婚した相手、つまり、私の祖母ですが、名前は花江といいます。それに、祖父が、すみれの花を育てていたという記憶もありません」

「でも『すみれ』なんだ。そうだね？」

「ええ、そうなんです」

「お祖父さんに、どうして店の名前を『すみれ』にしたのか、そのことをきいたことはないのか？」

「きいたことはありますが、その時、祖父は、奥さん、つまり、祖母の名前が花江だから、何か花の名前をつけたいと思って『すみれ』にしたんだと、そういっていましたが、これは嘘ですね」

「どうして、嘘だとわかるんだ？」

「祖父は、結婚する前から酒場をやっていて、その時に『すみれ』という店名をつけていますから」

「なるほどね。ほかに、お祖父さんについて、何かおかしいという話は、きいていないのか」

「今回、九月一日と二日の二日間、お休みをいただいて、呉と広島にいってきました。事件が起こる前です。百歳まで生きるといっていた祖父ですが、体を悪くして入院してしまい、それで弱気になったのかもしれません。私に、自分の代わりに、呉と広島の写真を撮ってきてほしいといったのです。メモを作って、どこそこを訪ねて写真を撮ってきてくれと、祖父はいいました。ただ、その時ちょっと不思議だったのが、祖父は、呉の海軍基地にいたのですが、その年の八月六日に、広島に原爆が投下されています。呉は広島の近くですが、祖父は助かっています。ですから、私は、八月六日に呉と広島にいってあげようと、祖父に提案したのですが、なぜかそれを断って、九月一日にいってくれといわれました。九月一日が呉で、二日が広島です」

「それ、何かの意味があるのかな？　八月六日ではなくて、九月一日ということに、お祖父さんは、何か特別な意味を持っていたのかね？」

と、十津川が、きいた。

「それがまったくわからないんです。きいても説明してくれません」

「九月一日か」

と、呟いていた十津川は、

「九月一日というのは、昭和二十年の九月一日なのかな？　それとも、今の九月一日に関わっているのか？」

「私にはわかりません」

「ほかにも何かあるのか、教えてくれ」

十津川が促した。

「おかしいといえば、呉ではなくて広島にいって、襲われたこともおかしいのです。そのうえ、何をきいても黙っていて、話してくれません」

と、市橋が、いった。

「お祖父さんが病院を抜け出したのは、君が呉と広島の報告をしたあとだろう？」

「そうです。その直後です」

「だとすれば、君が話したことがきっかけで、お祖父さんは病院を抜け出して、広島に向かったんだ。どんなことを話したのか、それを教えてくれ」

「さっきも申しあげたように、祖父から呉と広島の写真を撮ってきてほしいといわれて、メモを渡されたんですよ。そのメモには、撮ってきてほしい場所や建物の名前が書いてありました。私は、九月一日、二日とその祖父の指示どおりに写真を撮って、現在の様子をしらせました。写真も見せました。それで、話はすんだと思っていたのです。そうしたら、その深夜というか朝方に、祖父は、黙って病院を抜け出してしまったのです。今もいったように、祖父に頼まれたルートで写真を撮ってきて、それを、報告しただけなのですが」

「しかし、呉の、君が泊まった旅館で、殺人事件が起きているんだろう？」

「そうですが、それは、たまたまですよ。祖父に頼まれたこととは、関係がないと思うのですが」

「本当にそう思っているのかね？」

と、十津川が、きいた。

「旅館で殺された男は、君のお祖父さんと同じ名前の、名刺を持っていたんだろう？」

「そうですが、それが祖父の作った名刺かどうか、わかりません」

「可能性としては、五分五分だろう。お祖父さんが作った名刺かどうか、きいたんじゃないのか？」

「ききました。名前だけの名刺を作ったことが、あるのかをききました」

「そうしたら？」

「ない、といわれました。祖父が作った名刺は二つ見ていますが、どちらも、店の名前や住所、電話番号が書いてありました。それで、不思議に思ったのです」

「ないといわれたが、君は、名前だけの名刺を作った可能性もあると思った。そうだろう？」

「そうなんです」

「もし、作っていたとすれば、それをきいて、病院を抜け出したんじゃないのか？　お祖父さんが広島で襲われたことは、一つの事件じゃないのか？　それも、君も絡んでいる事件だ」

と、十津川が、いう。

その言葉に、市橋は、ショックを受けた。

「私の祖父が、呉で起きた殺人事件に、関係しているのでしょうか？」

「私には、どうともいえない。その時、君のお祖父さんは、入院していたわけだから、犯人でもない。だが、何らかの関係はあるようにも思える」

と、十津川が、いった。

「今、君は、お祖父さんについて、いろいろ話してくれた。ほかにも何かしっていることがあれば、遠慮なく話してほしい。少しばかり心配でね、君のことが」

と、十津川が、いう。

市橋は、淹れてもらったコーヒーを、口に運んだ。

何かほかに、しっていることが、あっただろうか？

市橋が考えていると、亀井刑事が、話しかけてきた。

「君のお祖父さんは、予科練の出身で、戦後は予科練崩れとか、生き残りだとかいわれていた。そうだったね？」

「そうです。本人も、そういっていました」

「だが、戦闘体験はない」

「そうなんです。呉に配属されてた時、もう少し戦局が悪化していれば、おそらく特攻で、死んでいたに違いないと、祖父はいっていました。同じ陸軍少年飛行兵で、十七歳で特攻で死んでいる人もいます。それに、呉の海軍基地では、飛行機を使ってではありませんが、アメリカ軍の艦船に対して、機雷を抱いて体当たりする、これも特攻だと思うのですが、その訓練をやっていました」

「そうしたことが、今回の事件の遠因になって、いるのかもしれないな」

と、十津川が、いった。

「ですが、もう戦後七十年以上が経っています。その間、別に祖父が、何らかの事件に巻きこまれたというような話は、一度もきいていません」

市橋が、いった。

「君は、原爆が投下された八月六日に、呉と広島にいこうといったんだね？」

「そうです。広島ではなくて、呉にいたので危うく助かったと、祖父はいっていましたから」

「しかしお祖父さんは、君の申し出を断った。そして、九月一日にいってもらいたいと頼んだ」

「そうなんです」

「九月一日は、何の日だったかね？」

改めて、十津川が、口にした。

「震災記念日ですよ」

と、亀井が、いう。

十津川が、笑って、

「関東大震災が起こった日だろう。それは今回の戦争とは関係がないし、東京だ。呉や広島じゃない」

「しかし、震災記念日以外には、考えようがありませんが」

と、亀井が、いう。

「そうすると、君のお祖父さんの、個人的な理由だな」

と、十津川が、市橋を見て、いった。

「お祖父さんにとって、九月一日は、何か特別な日なんだ。だから、九月一日に呉と広島の写真を撮ってきてくれと、君に頼んだんだろう」

「九月一日には、もう戦争は終わっていますよ。八月十五日が終戦記念日なんですから」

亀井が、傍らから、いう。

「いや、本当に戦争が終わったのは、八月十五日じゃないという説もあるよ。東京湾に停泊していたミズーリという戦艦の艦上で、日本の代表が降伏文書に調印したその日が、敗戦の日だという説だ。もっとも、あれは九月一日ではなくて二日だったな」

と、十津川は、自分で自分を否定した。

何となく推理が堂々めぐりしている感じがする。

「やはり九月一日というのは、君のお祖父さんにとってだけの、何か個人的な理由のある日なんだ」

「しかし、九月一日について、祖父から何か気になるような話をきいたという、記憶はないのです」

市橋が、いう。

「君のお祖父さんが書いた、例えば日記のようなものはないのか？」

亀井が、きいた。

「戦時中から、戦後にかけての日記だよ。それがあれば、何かわかるかもしれない」

「祖父は、日記などをつける習慣はありませんでした。ですから、日記はありません」

「パソコンなんかはどうだ？」

「持っていませんね。歳が歳ですから、苦手みたいです」

「携帯電話ぐらいは、持っているんだろう？　スマホはどうだ？　それがあれば、お祖父さんの過去について、何かわかるかもしれないが」

「ガラ携は持っていました。それが、広島で襲われて、病院に運ばれたその時に、なくなっています。もっとも祖父は、その携帯も連絡だけに使っていたようで、何かを記録していた、ということはないと思います」

「しかし、携帯電話はなくなっているんだろう？」

「そうです。病院で祖父に会った時も、携帯があったということはきいていませんから、たぶん、襲われた時に落としたか、犯人に奪われたのではないかと思います」

市橋は、その場から、勝之介の携帯電話にかけてみた。

が、かからない。勝之介が襲われてからすでに二日が経っているので、電源がオフになってしまっているのか、あるいは、壊れてしまっているのだろう。

ほかにも何か、勝之介にきいたことはなかっただろうかと、思い出そうとするのだが、なかなか思い出すことができない。汗が出てくるので、ハンカチで拭こうとし、ポケットに手をやった時、何か固い物が手に触った。

取り出してみると、一枚の名刺だった。そこに印刷されていたのは、

〈市橋勝之介〉

という名前だけである。顔色が変わるのを、市橋は感じた。

「これですよ、これです。この名刺です」

市橋は、十津川の顔を見ながら、いった。

「君は、前から持っていたのか？」

「いいえ、まったく覚えがありません。どこかで誰かに入れられたんです」

「どこでだ？」

「おそらく、帰りの新幹線のなかかもしれません。疲れていたので、すぐに眠ってしまいましたから。その間に、ポケットに入れられたのかもしれません」

と、市橋が、いった。

不覚である。現職の刑事が眠ってしまい、その間に背広のポケットに、たとえ一枚でも、名刺を入れられたということに、気がつかなかったのだ。

「裏に何か書いてあるぞ」

と、亀井に注意された。

市橋が名刺を裏返してみると、そこにボールペンの殴り書きがあった。

ただ一行。

〈何もいうな〉

と、あった。

市橋は、無性に腹が立ってきた。相手は現職の刑事を脅かしているのだ。

十津川がきくよりも先に、市橋が、いった。

「何も思い当たることはありません」

「わかっているよ」

と、十津川が、笑った。

「それは、君のことを脅かしているんじゃないんだ。君のお祖父さんのことを、脅かしているんだ」

「最近、お祖父さんが、誰かに恨まれるようなことはなかったか？」

亀井が、きく。

「なかったと思います。祖父は、小さな喫茶店をやっていましたが、それは遊びみたいなもので、コーヒー一杯が三〇〇円と安いですし、その店で、何か事件が起きたということもありません」

「だが、その名刺の脅しは、君のお祖父さんに対するものだと思う。となると、お祖父さんは、何か問題を起こしているんだよ。それがわかれば、この事件も一気に解決するはずだ」

「私は、どうしたらいいのでしょうか？　もう一度広島にいって、祖父を問いつめてみましょうか？」

「いや、無駄だろう。今の状況では、何も喋らないと思うね。一応、電話をかけてみたらどうだ？　病院へなら、電話はかかるだろう」

と、十津川が、いった。

市橋は、急いで、勝之介が入っている病院へ電話をして、勝之介に繋いでもらい、今の話をした。市橋がしらない間に、背広のポケットに名刺が入れられていて、その裏に〈何もいうな〉と書いてあったことをである。

電話の向こうで、勝之介は黙ってきいていたが、

「何も話すことはないよ」

とだけいって、電話を切ってしまった。

念のために、問題の名刺から指紋を採取して、調べてもらうことにしたが、指紋は検出されなかった。犯人は、指紋をしっかりと消してから、市橋の背広のポケットに投げこんだのだ。

その用意周到さに、ひょっとすると、大きな事件に発展するのではないかという不安を、市橋に抱かせた。

市橋は、とにかく気になる点を調べることにした。亀井刑事が手伝ってくれる

ことになった。

まず足元からである。

市橋は、2LDKのマンションに、祖父の勝之介と何年も一緒に暮らしてきたのだ。

それなのに、勝之介のことをほとんどしらなかったことに、愕然とした。

特に、戦時中の勝之介のことを、何もしらないのだ。予科練に憧れて志願し、戦闘機乗りになりたかったのだが、戦争末期で乗る飛行機がなくて、呉で地上勤務になり、広島に八月六日にいなかったので、危うく助かったというぐらいしか、しらないのである。

勝之介も、当時のことは話したがらなかった。何か理由があるからだと思ったが、深くきいたことはなかったのである。

今になると、何か大きな秘密があるらしいと思うが、たぶん、勝之介は、孫の市橋に話しても仕方がないと思い、何をきいても返事をしなかったのだろう。

「今になって改めて考えてみると、私が悪いのです」

市橋は、亀井に、いった。

「最初から、戦時中の若者の気持ちはわからないと、そう決めつけてしまっていましたから」

家のなかを捜せば、勝之介が話してくれなかった秘密も、発見できるかもしれない。そう思って、亀井に手伝ってもらって、家のなかを調べてみることにしたのである。

奥の八畳間を、勝之介が使っていた。

市橋の部屋にはパソコンがあるが、勝之介の部屋にはない。テレビはあるが、クーラーはついていない。

「お祖父さんは扇風機か」

亀井が、いう。

「クーラーが嫌いなんですよ」

「綺麗に整理されているね」

「綺麗にしたのは最近ですよ。八十代には乱雑だったんです。九十歳になったら、そろそろ身辺整理をする気になったと見えて、要らない物は捨てて、毎日、部屋の掃除をするようになっていたんです」

「それにしても、必要と思われるものは、すべて整理整頓されている」

亀井が、感心したように、いう。

机の引き出しには、今まで撮った写真が、アルバムにきちんと整理されて入っていたし、年賀状も取ってあった。

名刺もである。

名刺は二百枚近い。年賀状もそのくらいある。写真は少なくて、薄いアルバムが一冊だけ。

それらを、市橋と亀井の二人で調べてみた。

しかし、不審な年賀状も、名刺もない。すべて肩書入りで、住所や電話番号が入っている年賀状であり、名刺である。

ただ、写真のほうは、シロクロの古い物が多い。そこに写っている人物が何者なのか、どんな知り合いなのかはわからない。

二人は、名刺、写真、年賀状を、机の上に並べた。年賀状以外のはがきもあった。

だが、その数は十枚ほどでしかない。全部を並べてから、

「これらを調べていけば、事件は解決するかな?」

亀井が、首をかしげた。

「とにかく、調べてみます」

と、市橋は、約束した。

写真を調べるのは難しいが、年賀状やはがき、名刺は、そこに刷られている住所や電話番号を調べれば、相手のことが少しはわかってくるだろう。

翌日から市橋は、警視庁から帰ると、その作業を根気よく続けた。何しろ、九十代までにもらった手紙や年賀状、そして名刺である。多くの人がすでに亡くなっていた。

それがわかった物には、市橋は印をつけていった。

残ったのは、はがきが二十一枚。名刺はさらに少なくて、十八枚だけである。このなかに「何もいうな」と脅かしてきた人間がいるのだろうか？

写真アルバムのほうは、さらに面倒だった。写真には住所も名前も、電話番号も書いていないからである。こちらのほうは、これから調べることにして、そのままにしておいた。

呉警察署からも広島南警察署からも、その後、問い合わせの電話はかかってこない。

考えてみれば、同じ広島県警である。

市橋は最初、勝之介が、呉だけではなくて、広島の写真も撮ってきてほしいと頼んだ時、不審に思った。

戦争中の海軍と陸軍は、やたらと仲が悪かったということを、本で読んでいる。

勝之介は海軍であり、広島は陸軍の軍都だった。それなのになぜ、呉だけではなくて、広島の写真も頼んだのだろうか？

殺人事件が起きたのは呉であり、勝之介が襲われたのは広島である。

とすれば、二つの事件には、何らかの関係があるのだろうか？　呉と広島。その両方に跨がった事件なのだろうか？

さらにいえば、勝之介は、その両方に関係しているのか？

だが、突破口がなかなか見つからない。

これは何としてでも、勝之介にきかなければならない。勝之介が、何かを隠していることは、はっきりしているからだ。

だからといって、市橋は、警視庁の刑事だから、勝手に呉や広島へいって、調べ回ることは許されない。

勝之介に電話をかけ、すべてを話してくれと、頼む以外に方法はないのである。

しかし、何回かけても、勝之介はもう、電話に出なかった。市橋は、それを勝之介の拒否と受け取っていたのだが、そうではなかった。

広島県警の安藤警部から、市橋に電話が入った。祖父の勝之介が殺されたという。

「入院していたのに、なぜですか？」

「それが、夜中に病院を抜けだしたようです。病院から捜索依頼があり、捜していたのですが、市内の繁華街で、殺害され、今日、午前中に、遺体で発見されたのです」

「犯人は逮捕されたのですか？」

「いえ、まだ捕まっていません。というより容疑者も浮かんでいないのです」

「とにかく、すぐに伺います」

と、市橋は、いった。

翌日、また二日間の休みをもらって、広島にいくことになった。

亀井刑事が、同行してくれることになったが、もちろん、市橋のことを心配してくれたのではない。

広島県警から、捜査協力の要請が、あったからである。

わざと時間の早い空路を選ばず、時間のかかる新幹線にした。

広島に着くまでの間に、市橋に、思い出す限りの祖父、市橋勝之介のことを話させ、亀井が、それを捜査協力の一つとして、広島県警に提供するためのものだった。

東京から広島まで新幹線「のぞみ」で四時間七分。その間、亀井が質問し、市橋が、それに答える形で録音し「市橋勝之介メモ」ができあがっていった。

「勝之介さんが生まれたのは？」

――一九二五年です。

「どんな家庭に生まれたのか？」

――平凡な下町の長屋住まいでした。近くの工場で働く父と母との間に、四人きょうだいの末っ子として生まれました。上三人は女で、長男でした。家計が苦しかったので、母はいつも内職をしていました。

「どんな子供だったのか？」

――いわゆる腕白だったようです。小学生の頃は、まだ太平洋戦争は始まっていなかったので、ベイゴマやメンコで遊んだと、きいています。

「その後、十七歳で予科練に入っているが、そのあたりの事情を説明してくれ」

――太平洋戦争が始まると、いわゆる軍国少年になり、一刻も早くアメリカと戦争をしたがった。格好のいい海軍兵学校の生徒に憧れましたが、年齢的なことがあって、十七歳で予科練に志願しました。

「その後は?」

――戦闘機隊、爆撃機隊にわかれていて、戦闘機隊に入り、零戦乗りを目指して訓練を始めました。

「その後は?」

――戦局が悪化していくにつれて、昭和二十年二月頃から、特攻隊員に回される同期生が多くなりました。そのうちに本土決戦が叫ばれるようになり、そのために飛行機が秘匿されて、祖父たちが特攻に使う飛行機が不足するようになったそうです。同僚の三村《みむら》勇太郎《ゆうたろう》と同じ、呉の海軍基地に回され、ここでは、飛行機の代わりに、攻撃してくるアメリカ艦船に対し、機雷を抱いて体当たりする訓練が、日夜おこなわれました。

「八月六日の広島への原爆投下の時も、勝之介さんは、呉にいたのかね?」

――戦友の三村勇太郎は、たまたま広島にいて死にましたが、祖父は、呉にいたので助かりました。

「なぜ、勝之介さんは呉にいたんだね？」

――前日、二人は隊の用事で、広島にいっています。祖父はその日の夜、呉に帰隊しましたが、戦友の三村勇太郎は、急病で広島の陸軍病院に入院したため、原爆の犠牲になってしまったのです。詳しいことは、話してくれませんでした。

「戦後、勝之介さんは、どうしたのかね？」

――呉で終戦を迎え、除隊しましたが、すぐには東京に帰らず、しばらく呉の闇市で用心棒をやったりしていたそうです。

「東京にすぐ帰らなかった理由は？」

――祖父がその話をしてくれないのでわかりません。東京は、B29の爆撃で焼け野原になっているから、帰っても仕事がないだろうと思ったといったことがありますが、本当かどうかはわかりません。

「ほかにも理由があると思ったのか？」

――思いました。

「どんな理由だ？」

――女性です。

「詳しく説明したまえ」

——祖父は、花江さんと結婚しています。私の祖母ですが、彼女は、広島で原爆死した三村勇太郎の妹さんで、呉でしばらく、二人で暮らしていたんじゃないかと思います。

「君は、高校を卒業したあと、両親の元を離れて、勝之介さんと生活するようになったが、どうしてそうしたのか？」

——早く、ひとりで生活してみたかったのですが、結局、経済的に苦しくて、祖父との生活になりました。祖父は寡黙で、ほとんど干渉してこないので、一緒に住んでいても気楽だったのです。

「警察に入っても、勝之介さんと同じマンション暮らしだったね？」

——そうです。最初は、経済的な理由からでしたが、最近は、祖父を看取ってからひとりになろうという気持ちになっていました。

「勝之介さんが、どんな人間とつき合っていたか、わからないか？」

——それがまったくわからないのです。年齢が違うので、祖父の相手とつき合う気もありませんでしたから。それに、お互いの生活に、干渉しない約束になっていましたから。

「勝之介さんは、ひとりで小さな喫茶店をやっていたというが、君は、その店にいったことがあるのか?」

――五、六回はいっています。

「どんな店かね?」

――五反田駅近くの雑居ビルにあります。七、八坪の小さな店ですが、祖父好みに作られていて、落ち着ける店です。名曲のレコードが何千枚もあって、それがいつもかかっています。落ち着けるので、無名の作家がコーヒーを飲みながら、原稿を書いたりしていました。

「その店の名前は?」

――〈すみれ〉です。

「何年ぐらいやっているのかね?」

――おそらく三十年くらいになると思います。

「勝之介さんひとりでやっているのかね?」

――今は、従業員だった人に店をまかせていて、それと、コーヒーを運ぶウェイトレスがひとりいます。

「名前は?」

――きいていません。

「三十年、ずっとひとりのウェイトレスかね？」

――二、三人は代わったと思いますが、今のウェイトレスは、五年ぐらい続いているると思います。

「その店で何か事件が起きたことはないかね？」

――一度、お客が暴れて、ウェイトレスが怪我をしています。最近のことなので覚えています。

「事件のあった詳しい年月日は？」

――去年の八月中旬でした。正確にいえば、八月二十日です。

「君は、現場に居合わせたわけじゃないだろう？」

――ええ、違います。

「それなのに、去年の八月二十日だと覚えているのは、どうしてだね？」

――新聞に出ていたからです。小さくですが、店の名前も出ていました。

「この件について、勝之介さんは何かいっていたかね？」

――何もいいませんが、直後に男が訪ねてきて、祖父に、何かきいたそうです。

「所轄の刑事かね？」

――私も最初、所轄の刑事かと思いましたが、調べたら違いました。はっきりしない中年の男です。祖父はしっていたと思いますが、死んでしまったので、わからなくなってしまいました。

「ほかに、勝之介さんのことで、しっていることはないか？」

――今のところ、このくらいのことしか、覚えていません。何度もいいますが、亡くなってみると、祖父についてしらないことがあまりにも多かったと悔やまれます。

「なぜ、勝之介さんは、孫の君に対して、自分のことをあまり話そうとしなかったのだと思うかね？」

――二つ理由があったと思います。一つは、戦時中の話をしても、私にはわからないだろうと思っていたのではないかということ。もう一つは、何か秘密にしておきたいことがあって、それについては、孫の私にも話せない。いわゆる、墓場まで秘密を持っていくと、決めていたんだと思います。

「しかしここにきて、君に呉や広島の写真を撮ってきてくれと頼んだんだろう？今までにも同じようなことがあったのかね？」

――いいえ、一度もありませんでした。自分ひとりで、呉や広島にいってくることはあったと思いますが、私に頼んだのは、今回が初めてです。

「なぜ、そんなことをしたと思うかね？」

――何かやむを得ない理由が、あったんだと思います。

「その直後、勝之介さん自身が、君に黙って広島に出かけ、そこで何者かに襲われている。これはなぜなんだろうか？」

――何者かに呼び出されたんだろうと思います。それは、私に頼めるようなことではなかったので、自分で出かけていったのだと思います。私に黙っていたのは、私に迷惑をかけたくなかったのではないかと思います。

「最後に、君の考えをききたい。今回の事件をどう思っているのかね？　君は、亡くなった勝之介さんのことは、よくしらないというが、それでも孫で、一緒に暮らしていたのだから、他人よりは、勝之介さんのことをしっていたわけだからね」

――今回の事件は、祖父が私に、呉と広島の写真を撮ってきてくれと、頼んだことから始まったと思っています。呉は、祖父が戦争中、海軍兵士として勤務していたところで、本土決戦に備えて、機雷を抱いて、アメリカ艦船に体当たりする、特攻の訓練をしていたところであり、広島は、戦友が原爆で死んだところです。そう考えると、今回の事件は、祖父の戦時中の体験と関係があるのではないかと、私は、そう思うのです。すでに戦後七十年以上が経ち、関係者は、そのほとんどが亡くなっているだろうと考えます。そんななかで、祖父は生き残っていた。そのことが、事件の根にあるのかもしれません。

2

以上の会話を、亀井が録音した。

広島に着くと、まっすぐ広島県警本部に直行した。

県警本部長に挨拶し、市橋勝之介に対する殺人事件を捜査する、担当刑事と話し合うことになった。

途中で、市橋は、勝之介の遺体のある病院に向かった。

そこは、勝之介が入院していた救急病院である。

勝之介を担当していた医師も看護師も、顔を覚えている。

「こんなことになって残念です」

と、医師は、いった。

白布の下の死に顔は、意外に穏やかなものだった。

「県警から電話があって、司法解剖することになりましたので、すぐにお渡しできなくなりました」

医師が、つづけた。

「それは承知しています。私も、警察の仕事をやっていますので」

と、市橋は、いった。

改めて勝之介の死は、ただの死ではなくて事件なのだと、市橋は、実感した。

この日、少し遅い夕食をとったあと、広島県警広島南警察署で開かれた捜査会議に、市橋は亀井と参加した。

新幹線のなかで録音された「市橋勝之介メモ」は、文字となり、コピーされて、出席者全員に配られた。

まず、県警本部長が、挨拶した。

「今回の事件の被害者は、戦争末期、呉の海軍基地で特攻の訓練をうけていました。海の特攻です。また、被害者は、昭和二十年八月五日、戦友と二人で広島の陸軍部隊に、連絡にきていました。被害者は、その日のうちに呉に戻りましたが、戦友のほうは広島に残り、翌八月六日の原爆投下で死亡しています。まだ憶測の段階ではありますが、今回の事件は、呉の特攻基地などに関連があると考えられます。今後の捜査は、そのことを考えて、当たってほしいと思います」

その後、被害者の肉親であり、同時に警視庁捜査一課の刑事ということで、市橋が自分の考えを説明することになった。

問題の「市橋勝之介メモ」のコピーについて、すでに会議の参加者全員が目を通しているという前提に立っての、説明だった。

「私は現在二十八歳です。完全な戦後派なので、戦争体験も戦闘体験もありません。したがって、太平洋戦争については、本と写真でしかしりません。ただ、戦争の真っただなかにいた祖父と一緒にすごしてきました。今回の事件が、私に絡むものでないことは、はっきりしています。とすれば、祖父絡みの事件です。その上、祖父と広島との、あるいは、呉との関係といえば、戦争しかありません。本部長は、戦争との関係が考えられると、遠慮していわれましたが、私は、確信しています。太平洋戦争との関係が、あるのです」

翌日、地元の新聞には、次のような見出しが躍った。

〈警察は、太平洋戦争との関係を示唆！〉

〈蘇るか、戦争の亡霊！〉

こんな雰囲気のなかで、事件の捜査が始まった。

第三章　戦後の混乱

1

翌朝、十津川が合流した。十津川たちは呉に着くと、まず市役所を訪ねた。

現在の市長も助役も、部課長たちでも、最高でも五、六十代で戦後世代であり、戦争のことは何もしらなかった。

ただ、市役所には、戦中戦後の何枚もの写真が、大事にとってあった。百枚以上のそうした写真を説明しながら、十津川たちに見せてくれた。

日本海軍華やかなりし頃の呉の街。

次々に進水していく軍艦。

考えてみれば、あの戦艦大和も、この呉で建造されていたのである。

太平洋戦争も末期になると、写真は一変して、アメリカ軍の艦載機に爆撃され、逃げ惑う日本海軍の艦船の姿になっていく。

いずれも、アメリカ軍の艦載機から搭乗員が、撮った写真である。昭和二十年七月十一日、十二日にわたって、B29による大空襲が、呉を襲った。

その時の爆撃によって、呉の市街地のほとんどが、焼け野原になってしまったといわれる。特に、戦艦大和を建造した海軍工廠は空襲を受け、その工場群は、徹底的に破壊されていた。

その焼け跡に、最初に、被災者の住む小屋を建てたのは、当時の海軍だといわれている。その写真が今も残っていた。

海軍は、空襲で家屋が焼失することをあらかじめ計算していて、三角兵舎という簡単な小屋を建てることを考えていて、B29の大空襲のあと、約三千戸の三角兵舎を市民のために建てたといわれている。その写真も、残っていた。

文字どおり、大きな三角形のテントというべきか。それが直接、地面に建っている。小さな入口を作り、人々は、そこから出入りをする。三角の屋根は、ブリキや木の板で造られていた。

なかは狭いので、人々は食事の支度などは三角兵舎の外でおこなっていて、そんな様子を写した写真もあった。

戦後になると、多くの街にバラック小屋が建ち、その後、市営住宅が建つようになっていくのだが、呉の街の場合は、この三角兵舎、戦後は「兵舎」とは呼ばずに「三角小屋」と呼ばれていたのだが、この三角小屋が、まず焼け出された市民のために、建てられたのだという。

戦争が終わって、最初にやってきた占領軍はアメリカ軍で、アメリカ第六軍第一〇師団である。

彼らは、わずかに焼け残った呉鎮守府や、海軍兵学校などを接収し、アメリカ軍の基地（ベース）にした。

アメリカ軍は、呉だけを占領したのではなく、日本全土を占領したので、アメリカ軍は途中からいなくなり、代わりにやってきたのは、イギリス連邦軍（BCOF）である。

連邦軍は、イギリス軍、インド軍、オーストラリア軍、ニュージーランド軍で構成されていたが、このうちで呉を占領したのは、ほとんどオーストラリア軍だった。占領形態は、最初にやってきたアメリカ軍とは少しばかり違っていた。

アメリカ軍は明るくて、開放的で、すぐに呉市民と仲よくなったが、イギリス連邦軍は少しばかり違っていた。堅苦しくて、最初のうち呉の市民とは打ち解けようとはしなかった。

その上、イギリス連邦軍の司令部は、兵士たちが日本人と問題を起こすことを恐れて、一つの垣根を作ってしまった。

それがフラタニゼーション政策である。

〈Non Fraternization Policy（ノン フラタニゼーション ポリシー）〉

その当時の写真を見ると、数多くの自国兵士たちに向かって、立ち入り禁止をする看板が目立つ。逆に、日本人に対しても、立ち入り禁止を命令する看板も、やたらに目立っているのがわかる。

看板には、

〈日本人がこの運動場を横断することを禁ず〉

と、書かれていたりする。

面白いことに、あるいは当然のことに、占領しているイギリス連邦軍の兵士たちは若い男性である。憲兵の目をかすめて、日本の若い女性とデートする兵士も多かったらしく、二人で撮られている写真も多い。

占領が進むにつれて、日本の女性と結婚して、オーストラリアに連れて帰る兵士の写真が多くなっていく。いわゆる「戦争花嫁」である。

呉の教会で結婚式を挙げている写真もあったし、戦争花嫁の女性たちが、夫になった兵士たちとグループで、船に乗り、呉の街を出港していく写真もあった。

結局、ノン　フラタニゼーション　ポリシーというのは、一応名前はあったが、実際には、あまり強制力がなかったのではないだろうか。

もう一つ、十津川たちが注目したのは、焼け野原になってしまった呉の街が、少しずつ復興していく様子を捉えた、何枚もの写真だった。

何もない寂しい呉の街の写真。街の中心部のほとんどが焼け野原になっていて、ぽつんぽつんとビルが残っている。電信柱だけが一直線に並んでいて、それだけが、やけに寂しく見える。

そんな呉の街に、最初に現れたのは闇市である。

人々は、何よりも食糧不足で、飢えているから、街のなかにぽつんと食堂が生まれた。

といっても、食糧自体が配給だから、そこで売られているのは、まるでお粥のような、薄い雑炊である。

それでも、何とかしてそれを口に入れようと、延々と並んでいる市民たち。それを世話しているのは、闇市の男たちである。いわゆる、土地のあんちゃんたちである。

闇市自体が法律違反だから、当然、警察に目をつけられる。そうすると、自然に闇市は、マーケットに姿を変えていく。そのあんちゃんたちのひとりの写真を、

「これがそうです。お祖父さんです。間違いありません」

市橋が、指差した。

リヤカーに何かを積んで、引っ張っている若い男である。市橋は「私のお祖父さん」といったが、もちろん昭和二十年代、戦争直後の写真だから、市橋の祖父、市橋勝之介も、二十代である。

写真のなかの闇市で働いている若者たち。ほとんどが、くたびれた戦闘帽をか

ぶっているが、その男だけは、綺麗な海軍の帽子をかぶっていた。その海軍帽を、すこしあみだにかぶっている。

いかにも生意気そうな顔である。なんとなく、特攻崩れといった感じがする。

考えてみれば、市橋の祖父、勝之介は、航空特攻ではなかったが、予科練の出身で、呉で機雷を抱えて、侵攻してくるアメリカ軍の艦船に、体当たりをする特攻訓練を、受けていたのだから、特攻崩れに間違いは、ないのである。

最初に闇市の写真があり、次にそれがバラックになって、N通りマーケットと書かれている。

夜の写真では、そのあたりが怪しい雰囲気になっている。ぽつんとネオンが一つ。二人の若い衆が酔っぱらって肩を組みながら、歩いている。片方は、市橋の祖父、勝之介だ。その写真でも海軍帽を斜めにかぶって、タバコをくわえている。着ている物は、よれよれのズボンと黒っぽいジャンパーだが、終戦直後は、ちょっとしたお兄さんだったらしい。

十津川はその写真を見ていて、不思議な気持ちになっていった。彼のしっている市橋勝之介は、九十歳を超して、何者かに殺された老人である。

しかし、戦後すぐの写真に写っている市橋勝之介は、もちろん老人ではなく、ちょっとした格好のいいお兄さんなのだ。

(今回の事件を調べるには、被害者は市橋勝之介という九十四歳の老人ではなく、二十代で、特攻崩れの、ちょっと格好のいいお兄さんだったと考えないと、解決できないかもしれない)

と、十津川は、自分にいいきかせた。

何枚もの写真のなかで、闇市ができ、それがマーケットになっていくのは、昭和二十一年頃である。当時はまだ食糧難で、それは、昭和二十三年になっても続いていた。

その頃の一番大きなニュースは、小麦五千トンを積んだアメリカの食糧船、ルーベン・チプトン号が呉に入港したことだと書かれている。何千人もの市民が港に迎えに出て、その食糧船を歓迎している。

小麦五千トンを積んだ食糧船を見つめる市民の目。それが異様なのである。まるで、親ツバメが運んできた餌を、子ツバメたちが大きな口を開けて待ち受けている。十津川には、そんな子ツバメの顔のように見えて仕方がないのである。

歓迎の日本女性が、着物姿で花束を持って、タラップをあがっていく。

「このアメリカの食糧船のことは、今でも呉の市民は感謝しているんですよ」

と、市長が、十津川たちにいった。

当時の市民たちは、それほど、食糧不足に苦しんでいたのだ。

その一方で、市内に残っていた映画館が、アメリカ映画を上映すると、長蛇の列を作って見にきているのである。昭和二十三年である。飢えに苦しみながらも、同時に人々は、娯楽を求めていたのである。

娯楽といえば、パチンコも少しずつ姿を見せている。

街の様子はといえば、今にも壊れそうな、廃車になりそうなバスにしがみつくようにして、人々が乗っている。市電も同じである。市電の窓にも人々がぶらさがっているのだ。

食糧と娯楽に対する飢えと、そして、何とか働きにいこうと、バスや市電にしがみつく人々。そんな光景が、昭和二十年代の呉の街にはあふれていたのだ。

もう一つ、写真で目につくのは、子供たちである。呉を占領したイギリス連邦軍は、若い兵士たちに、日本女性との交際を禁止するようなことをしたが、子供たちとは安心してつき合っていたらしく、彼らが撮った呉の子供たちの写真は、やたらに枚数が多い。

その子供たちは、みんな笑っている。着ている物はみすぼらしい。裸足の子もいるし、全員がひとり残らず、よれよれのズボンと上着である。だが、笑顔だ。

十津川が一番関心を持ったのは、やはり市橋勝之介が、特攻崩れのような格好で動き回っているマーケットの写真だった。

闇市に始まり、取り締まりが厳しくなると、マーケットになる。そして、スーパーマーケットがデパートになる。

「このN通りマーケットですが、どうなっていったのかをしりたいのですが」

と、十津川が、市長に声をかけると、

「そのマーケットを作ったのは、いってみれば、闇市の親分みたいな人だったんです。自伝を書いていますから、その自伝を読むと、どんな人間だったのか、どんなマーケットだったのか、そして、そこには、いったいどんな人が働いていたのかが、わかりますよ」

と、いい、奥の棚から一冊の本を取り出して、十津川に見せてくれた。

「男一代」

と題した本である。

もちろん、本人が書いたものではなく、ゴーストライターが書いたものだろう。

市橋や亀井、それに地元の刑事が市民たちに話をきいている間に、席をはずした十津川は、大雑把に本に書かれたストーリーを追ってみた。

市長がいっていたとおり、このマーケットを作った社長も、いわゆる街の顔役のひとりだった。

「俺は一度死んだ人間だ。これからの俺の人生は余分だ」

というのが、その男の口癖だった。

本にはこうあった。

〈勇ましいので、何か問題が起きると、市橋を使いにやった。

俺は、そいつが可愛いので、所帯を持たせようと思った。ちょうど、事務所で働いていた十代後半の娘の兄貴が、広島の原爆で亡くなっていたが、市橋と彼が同期生だときいたので、その娘、三村花江と一緒になれと勧めた。

花江は、可愛いが、気の強いところがあって、市橋とは似合いの夫婦になると思ったのだ。

そうしたら、市橋も簡単に、

「いいですよ。一緒になりますよ」

と、いったので、俺は、小さなアパートを二人のために作ってやった。ほかの連中も、市橋と花江なら、似合いの夫婦になるというので喜んでいたのだが、三年ほど経った時、兄貴分のひとりから、

「あいつ、まだ正式に結婚していませんよ。一緒には住んでいますがね」

と、きいた。

俺はびっくりして、すぐに市橋を呼び出して、

「俺が勧めて一緒にしたんだ。どうしていまだに婚姻届を出していないんだ？すぐ結婚しろ。そして、子供を作れ」

と、いうと、なぜか市橋の奴は、

「一度、東京に帰ってきたい。そのあとで、正式に結婚します」

と、いうのである。

それで、初めて俺は、市橋がこの呉の人間ではなくて、東京の人間だということをしった。おそらく、両親とか親戚に相談にいくんだろうと思ったから、

「わかった。とにかく、帰ってきたらすぐに結婚しろ」

と、いって、市橋を送り出した。

ところが、市橋の奴、そのまま呉には帰ってこなかったのだ。東京にいくとい

う時に、俺は何度も念を押したのだ。

「三年間も一緒にいたんだ。絶対に結婚しろ。それを俺に誓え。あんないい娘を悲しませるなよ」

そうしたら、市橋の奴は、

「絶対に、責任を取ります」

と、俺に、そういったのに、いなくなってしまったのだ。

俺はそのあと、ある政治家に勧められて政治の世界に入ることを決めた。結果的に市会議員を三期務めたが、自分のやったことに後悔はしていない。

ただ、一つの後悔といえば、市橋勝之介という男だ。

あんなに俺が惚れて、いい娘を勧めてやって、絶対に責任を取る。必ず戻ってくると約束したのに、俺の目の前から姿を消して、いまだにどこにいるのかわからない。

今度どこかで出会ったら、絶対に、責任を取らせてやる。〉

この「男一代」という本には、あとがきがあった。この男の息子が、書いていた。

〈父は、昔風のやくざ気質で、やたらに『男』と口にしていました。少しばかり変な人生を送ったとは思いますが、父らしい、父のいう男らしい人生を、送ったと思います。

父が心配していた市橋という若い男性、そして、彼と一緒になっていた三村花江という女性。市橋のほうは、まだ消息が摑めませんが、三村花江は、そのあと間もなくして亡くなったとききました。その前に、初めて男の子を産んだのですが、まだ世相が荒れていて、医療事情も悪かったために、生まれてすぐ、赤痢にかかり亡くなってしまいました。〉

そのあと、なお一時間ほど、市長や助役たちに、戦後の呉についての話をきいたあと、十津川は「男一代」という本を借りて、市橋たちと市役所をあとにした。

駅近くのホテルにチェックインして夕食をとったあと、ロビーの一角でコーヒーを飲みながら、事件について、話すことにした。

まず、十津川が「男一代」という本について、その内容を説明した。

「これを読むと、市橋のお祖父さん、勝之介さんは、戦後すぐには東京に帰らず、この呉で三年間をすごしているね。その間は、この本を書いた社長が経営していたマーケットで働いているね。特攻崩れを自認していたそうだから、市橋がいっていたとおり、用心棒だったのかもしれないね。とにかく社長に気に入られて、広島で亡くなった戦友、三村勇太郎の妹、花江と一緒になれと勧められて、三年間は、この呉で一緒にすごしていたが、なぜか、結婚はしなかった。三年後、その事実をしった社長から、いい加減にちゃんと結婚しろといわれると、一度、東京に帰らせてほしい。ちゃんと責任は取るといい、結局、この呉には戻らずに、どこかに姿を消してしまったようだ。それで、市橋にききたいんだが、お祖父さんの勝之介さんは、ここに書かれている花江という人と、東京で結婚したんだよね？」

と、十津川がきいた。

「そうです。その後、祖父は再婚して、私の父を育ててくれ、私もその家系に連なっているわけです」

「お祖母さんについては、何かしっているか？　どういう人だったか、話してほしいんだが」

「お祖母さんの名前は、花江です。祖父は再婚した時は四十歳だったときいています。友人から勧められて、十歳も若い女性と再婚しました。それで、義母として私の父を育ててくれました」

「花江さんは、君のお祖母さんだろう？」

「そうです」

「どんな人なんだ？」

「父を産んですぐに亡くなっていますから、私は、花江さんのことをよくしらないのです。ただ、真面目で、祖父はわりと奔放に人生を生きた人でしたから、そんな祖父によく仕えたと、皆さん、褒めています」

「そのお祖父さんは、最後にはひとりで、小さな喫茶店をやっていたんだろう？　喫茶店の名前は『すみれ』だったよね？　どうして『すみれ』という名前をつけたのか、それを、しりたいんだが」

「それは、私もしりたいのですが、その理由を祖父が話してくれたことは、一度もありません」

「例えば、お祖父さんが、すみれの花が好きだったというようなことは、なかったのかね？」

「いいえ、そういう話は、きいたことがありません」

「普通に考えれば、すみれという女性が好きだったから、自分が作った店の名前を『すみれ』にしたということになるんだが、呉で、同棲してその後、結婚した女性の名前は花江さんだし、再婚した女性の名前は節子さんだ。どちらも、すみれじゃない。君のお祖父さんは、すみれという名前が気に入って、作った店の名前を『すみれ』にしたんだろう？　その理由をしりたいね」

「それがわかれば、犯人もわかってきますかね？」

と、県警の安藤警部が口を挟んだ。

十津川が、

「そこまでは、わかりませんが、どうも今回の事件は、簡単そうで、簡単ではない。私は、市橋刑事のことを、よくしっているのですが、彼のお祖父さんの、市橋勝之介さんについては、まったく知識はありませんでした。九十四歳で殺されましたが、たぶん殺されることを予期して、ひとりでこの広島にきたような、そんな気がしています。最初は日本という国のため、友人のために、特攻で死のうとしていた。いさぎよい人物というイメージがあったのですが、ここにきて、戦後の彼の生き方をきいたり、特攻崩れそのままのような写真を見ると、もう少し複雑な人間だったような気がしてきています」

と、自分の気持ちを、いった。

「昭和二十年に、戦友の三村勇太郎を広島の原爆で失っていた。そのことが、今回の事件と関係がありますかね？」

と、安藤が、きく。

「正直にいって私は、その広島の原爆で三村勇太郎を失ったのが、今回の殺人事件の、唯一の理由のような気がしていました。原爆そのものの重みのせいだと思います。しかし、考えてみると、広島の原爆投下から七十四年も経っているのです。市橋勝之介は戦後、この呉で三年間をすごし、戦友の妹と結婚し、わかれて消えてからもすでに数十年です。ほかの殺人の動機が生まれてきていたとしても、おかしくないのです」

十津川は、自分の考えを、自分で批判しながら話した。

いつでも、自分は、戦争も、戦闘の経験もないと自省しながら、今回のような事件に対応するのだが、それでも、自分の考えに、負けてしまう。

終戦——混乱——終戦時の秘密——七十年後の殺人事件。

こんなふうに考える。自分では慎重に考え、それぞれの節目に配慮したつもりなのだ。

しかし、冷静に考えてみれば、十津川自身は、それぞれの節目に生きていたわけではない。

今回の被害者、市橋勝之介は、二十歳で終戦を迎え、その後七十四年生き、九十四歳を迎えて殺害されたのである。

今、四十歳の十津川は、その半分も生きていない。

それに、十津川にとって問題なのは、市橋勝之介の人生で、もっとも劇的だったはずの終戦や広島の原爆投下や、戦後の混乱期をまったく経験していないことである。

だから、型にはまって考え、実際に呉にきて、当時の写真を見たり、話をきいたりして、あまりに頭のなかのストーリーと違っていたので、悲観しているのである。

違っていて当然なのだ。

「君は、どう思ってる？　君の祖父像は、崩れなかったか？」

と、十津川は、市橋にきいてみた。

「今、戸惑っています」

と、市橋が、真顔でいった。

「正直に、その戸惑いを話してくれ」

「祖父は、戦争の話とか戦後の話は、あまりしませんでした。それでも、ぽつりぽつりと話したことから、勝手に祖父像を頭のなかに描いていたんです」

といい、市橋は、こんな祖父像、市橋勝之介像を話した。

「終戦の時、二十歳。呉の海軍基地で、本土決戦に備えて、機雷を抱いて敵艦に体当たりする訓練をしていた。水中特攻の訓練です。

たまたま、戦友の三村勇太郎と軍務で、昭和二十年八月五日に広島にいきましたが、翌八月六日、広島に原爆が投下されて、呉に戻っていた自分だけが助かり、親友の三村勇太郎は死んでしまった。そのことが、祖父、勝之介の生涯の負い目になった。

そのため、八月十五日の終戦のあと、東京には帰らず、三村勇太郎の妹、花江さんと同棲し、呉で働くことにした。

悲しい話でもあり、美談でもあります」

「とにかく、祖父は思いやりがあり、一生懸命に戦後を生きたと思っていました」

と、市橋は、いうのである。

「続けてくれ」

十津川が、促した。

「そのあと、祖父は、東京に帰ってくるんですが、戦友、三村勇太郎の妹、花江さんは、その時に亡くなったので、仕方なく、東京に帰ってきたみたいないい方をしていました。終戦時、花江さんは十七歳で、唯一の肉親だった兄の三村勇太郎さんを失って、ひとりぼっちになっていた。祖父としては、孤独な親友の妹を守ってやりたい一心で、東京には戻らず呉に残って、彼女と一緒になって、働いたといっていたんです。その時、祖父が二十歳、花江さんが十七歳だったことを考えれば、立派だなと感心していたんです。とにかく、いい話だなと思っていました」

「それが、こっちにきて、美しい話がちょっと崩れたんじゃないか？」

と、十津川が、いった。

「戸惑っています」

市橋は、繰り返した。

「確かに、祖父は呉に残って、親友の妹、花江さんと一緒に三年間暮らしたことは、確認しましたが、結婚はしなかったといいます。花江さんが亡くなったので、東京に帰ったわけでもなかったんですね。正式に結婚しろと周囲からいわれて、逃げたんじゃないかという印象さえ持ちましたが、昭和三十五年に結婚しました」

と、市橋が、いう。

「それで、祖父の勝之介さんを軽蔑する気になったかね？」

十津川が、きく。

それに対して、市橋が笑顔になって、

「それはありません。昭和二十年の終戦の時、祖父は二十歳です。今の私より若かったんです。戦友が原爆で死んだとか、毎日、特攻死を考えていたとかとなると、私なんかは、日常に死があって、純粋な生き方、死に方を考えていたんだろうかと思ってしまうんですが、それは間違いだとわかりました。そんなはずはないんです。二十歳なんですからね。死を考えていて、突然、解放されて、その上、待ち構えていたのが戦後の混乱ですよ。それを生き抜いた若者が、純情であるはずがないんです。ですから、今回、海軍帽をあみだにかぶり、タバコをくわえて、いかにも特攻帰りといった感じの祖父の若い頃の写真を見て、むしろほっとしました。しかし、事件を考えるために、少し祖父像や当時の世相についての認識を修正すべきだと思いました」

「同感だ」

十津川が、応じた。

「私も、今回の被害者、市橋勝之介像を、少し変える必要があると思っているよ。そうすると、当然、犯人像もということになってくるよ」

と、十津川が、いった。

十津川は、もう一度、呉市役所が提供してくれた、呉市の写真に目をやった。殺害された市橋勝之介は、どんな呉の街を見ていたのか？

安藤警部が、十津川を見て、

「十津川さんが本を読んでいる間、市役所に頼んで、あの戦後の写真を何枚か、コピーしてもらって、もってきました。もう一度、みんなで見てみようじゃありませんか」

といって、バッグから何十枚ものコピーされた写真を取り出して、テーブルの上に並べていった。

十津川の目はどうしても、海軍帽をあみだにかぶった若い頃の市橋勝之介の二枚の写真に向いてしまう。

一枚は、闇市マーケットで働いている若者の写真だ。海軍帽をあみだにかぶり、荷物を運んでいる。昭和二十年十一月に撮った写真である。戦争が終わって、特攻で死ぬことがなくなった二十歳。これからは、どんな生き方でもできる。そんな解放感に胸を膨らませていたに違いない。

そして、ほぼ同じ頃、たった一つのネオンが輝く路地から、仲間と肩を組んで明るい場所に出てきたところを撮られた写真だ。

こっちは、タバコをくわえていて、ちょっと気取っている。周りは暗いが、その奥のほうに、ネオンが一つだけついている。昭和二十二年、男の遊び場所が、ようやくできてきた頃だろう。

そこでも特攻崩れで、元気がよくて、顔役の親分に認めてもらえて、少しはいい気になっている時ではないのか。

当時の若い女性の写真も、何枚かあった。必死になって、イギリス連邦軍のベースで働いている写真。モンペ姿に、もうひとりの若い女と二人で、イギリス連邦軍の荷物を運んでいる写真である。それが、三村花江の写真かどうかはわからない。

占領軍がやってきた直後は、ほかに仕事は何もなくて、若い女性も汗まみれになって、占領軍の下で肉体労働をしていたのだろう。

もう二枚は、まったく違った女性の写真だった。

一枚は神社のお祭りで、三人の着物姿の若い女性が、団扇を持って微笑んでいる写真だ。昭和二十三年夏とある。その頃は、すでに神社のお祭りも復活していたということだろう。

二枚目は「戦争花嫁として、オーストラリアに出発する日本女性たち」と題した五人の若い女性の写真である。

戦争に負けてくたびれている女性の写真ではない。若くて、笑顔で自信に満ちあふれている女性たちである。当時の若い男たちよりも、当時の若い女性たちは明るくて、屈託がなくて、自信満々に見える。

昭和二十年、三村花江は十七歳だった。そして三年間、市橋勝之介と同棲していた。
十七、十八、十九歳。その頃、三村花江がどんな女性で、どんな考えを持っていたのか、どんな生き方を望んでいたのか。

今からあれこれ決めてしまうのは危険だろうと、十津川は、思うようになっていた。

日本的な控えめな女性か。いや、それよりも、もっともっと開放的で自由な気持ちを持っていた女性かもしれない。何しろ、五年間も戦争が続いたあと、突然、平和が飛びこんできたのである。どれほど自由を感じていたかもしれない。

三年間同棲しながら、市橋勝之介は結婚しようとしなかった。

簡単に考えてしまうと、それは市橋勝之介のわがままで、三村花江のほうはじっと我慢していた。そんなふうに考えてしまうのだが、まったく違うのかもしれない。結婚はしたくないと拒否していたのは、市橋勝之介のほうではなく、花江のほうだったのかもしれない。

「当時の市橋勝之介、三村花江、この二人がいったいどんなことを考え、どんな気持ちでいたのか、何とかして、それをしりたいですね」

と、十津川が、いった。

「それに、広島で死んだ三村勇太郎のこともでしょう？」

と、安藤警部が、つけ加える。

「もちろんですが、三人ともすでに死んでしまっていますし、時間が経ってしまっています。無理かもしれませんね」

「それでも、何とかしてしりたいですよ。それがわからないと、今回の事件の謎は解けないかもしれませんから」

安藤警部が、いう。

その場にいた亀井も、市橋もじっと黙っている。

(しかし、すでに今から七十四年前、太平洋戦争が終わっている。その頃の若者の気持ちなど、どうすればわかるのか。時間が経って歴史が変わっていることが、致命的なことではないのか)

という、絶望的な気持ちも、十津川にはあった。

「どうでしょう。この県には昭和二十年、多くの若者が戦闘員として暮らしていたわけでしょう? 二人の若者のように、毎日特攻の訓練をしていた海軍の兵士もいたでしょうし、本土決戦に備えて、訓練をしていた陸軍の兵士もいたかもしれません。わずかに残った軍艦に、乗りこんでいた若者もいたかもしれません。そういった若者が、ほかの都市や場所に比べて、この県には、多かったのではないかと思うのです。この街の図書館には、そうした、若くして死んでいった青年たちの手記や日記のようなものが、保存されているのではありませんか。それを見れば、当時の若者の気持ちが、少しはわかるのではありませんか」

と、安藤が、提案した。

「そうですね。確かにそのとおりかもしれません。いってみましょう」

十津川も、素直に応じた。

2

翌日の朝、四人は呉市立図書館を訪ねていった。

安藤警部の予想は、当たっていた。さすがに呉は軍港の街である。図書館には「呉で生まれ太平洋戦争で死んだ若者たち」という特別なコーナーが作られていて、そこには学徒出陣や特攻で死んだ青年の日記もあれば、自費出版の写真集も棚に置かれていた。

そのなかで、十津川たちが注目したのは、戦争で死んだ若者たちの手記や日記ではなく、死ぬべき時に終戦を迎え、戦後を生き抜いた若者たちの手記であり、日記であり、手紙だった。

それを借り受けて、各自が目をとおし、図書館から許可を取って一部をコピーさせてもらった。

生き延びた人間のほうが、当然、複雑な生き方をしている。同じ大学で学びながら、学徒出陣で陸軍と海軍にわかれて訓練を受け、友人の陸軍士官は原爆で死に、自分は生きて戦後を迎える。

昭和二十年に、二十三歳だったという元学徒兵の日記も、そのなかには入っていた。

この学徒兵の人生は、年齢的に市橋勝之介と似ていて、注目された。

この学徒兵は、昭和二十年三月二日、突然、特攻隊員に編入された。

市橋勝之介と三村勇太郎も予科練の出身で、戦闘機乗りになるつもりだったのに、突然、特攻隊に編入されたのである。

この学徒兵も、海軍航空隊を志願して、訓練を受けていたのだが、三月二日のこの日になって、突然、

「特別攻撃隊に続く者は、目を閉じて一歩前に出ろ！」

と、軍司令に命令されたのである。

〈私は、反射的に一歩、前に出ていた。特攻を志願する者はといわれても、勇んで前に出るわけではない。反射的に、前に一歩出てしまっていたのだ。

その時、軍司令が、いった。

「よく一歩前に出てくれた。そのことに私は、深く感謝する。これで、わが日本は安泰である」

私は狼狽する。全員が前に出たのか。ほかのみんなは、死ぬ覚悟ができているのか。

私は目を閉じて、一歩前に出た。死ぬ覚悟なんて、できていなかった。

軍司令が、言葉を続ける。

「諸君は神になる。いや、すでに神である。私は、諸君を尊敬する。もちろん諸君だけを死なせるつもりはない。私も、諸君のあとに続く。では明日の出陣に備えて、今晩は、ゆっくり眠ってくれ」

軍司令が出ていくと、とたんに溜息が生まれた。私は目を開けて、同僚たちを見た。

どの顔も蒼ざめ、狼狽していた。

私はわかった。みな同じなのだ。死を覚悟して、一歩前に出たのではなかったのだ。反射的に一歩前に出た。そうする以外になかった。そうする人間に、育てあげられてしまっていたのだ。

こんなことで死ぬ覚悟ができるはずはなかった。死ぬことが怖いというより、その覚悟ができそうもないことに狼狽してしまったのである。

容赦なく明日がくる。否応なく死が迫ってくるのだが、私は依然として死ぬ決心がつかなかった。

考えると、どうしても怯えてしまうのだ。

哲学的にいえば、生き続けたいというのが人間の本性である。死を恐れるほうが正しいのだと思っても、そこで絶望に陥ってしまう。私は死ぬ時、怯えて失敗してしまうのではないのか。みっともないことを、やってしまうのではないのか。

だが、なかなか出撃の命令は出されなかった。

そのうちに昭和二十年七月二日。アメリカ艦載機の大空襲を受けて、待機していた特攻機三十機のうちの二十五機が破壊され、炎上してしまった。

しかし、残りの五機が翌日、沖縄へ特攻に出撃した。

ところが、そのうちの一機が、基地に帰ってきてしまったのだ。一機、ゆっくりと着陸してくるのを見て、軍司令と飛行隊長は、はじめのうちは茫然と見守っていたが、パイロットが降りてくるなり、二人は、いきなり走り寄って、パイロットを殴りつけ、蹴飛ばした。

「なぜ、死ななかったんだ！」

「いざとなったら怖くなったのか」

と、怒鳴る。

しかし、このパイロットははっきりと、

「アメリカ空母の一隻に対して、二百五十キロ爆弾一発を投下し、成功しました。したがって、体当たりをするよりも効果があったと考え、再度、出撃する機会を与えられたいと思って、帰ってまいりました」

私も、その言葉を、茫然ときいていた。

彼がいったことは正しい。彼の爆弾が、アメリカ空母の甲板に穴を開けて、空母の力を奪ってしまったとすれば、彼の行為は正しいのだ。

それでも、軍司令と飛行隊長は怒り続け、怒鳴り続けた。

なぜなら、二人が怒っているのはただ一つ、命令どおりにパイロットが死ななかったからなのだ。パイロットの行動がいかに正しくても、もし仮に、空母を撃沈したとしても変わらないのだ。

私は結局、特攻に出撃する前に、戦争が終わってしまった。私は、どうすればいいのか。死ななかったことを喜べばいいのか。真実というのは、私の感情とはまったく別のところにある。

敵を殺さなくてすんだ。自分が死ななくてすんだ。

真実はそこにある。

しかし、私は人にきかれれば、戦友が死んだのに私は生き残ってしまった。それが悲しいと答えるだろう。

それが事実でなくとも、そう答える必要がある、と考えてしまうからだ。この気持ちがなくならない限り、戦争は終わらないかもしれない。〉

ほかの生き残った元特攻隊員の告白、周囲への反応。幸福とは何かなどと考えながら読んでいくと、十津川は、ますますわからなくなっていった。

本音をいわないことが正しいのか。おそらく、自分が死ななかったこと、それを喜ぶのは間違いなのだ。

なぜか？　自分が人間だからか。

しかし、真実を捉えない限り、こうした事件は終わらないだろうと、十津川は、思った。

十津川は、少し疲れた顔で、亀井や市橋、安藤警部に話しかけた。

「もう一度、昭和二十年八月十五日からの市橋勝之介に何があったのか、調べ直したい。そうしないと、事件の真相に、たどりつけないような気がするのです」

すぐに反応はなかった。

少し間を置いて、安藤が、いった。

「十津川さんの気持ちはわかりましたが、しかし、どうすればいいんですかね？」

「先入観を捨てて、今までに切り捨ててしまったものも、もう一度取りあげて、考え直してみたいと思っています」

「どこまでですか？」

「例えば」

といって、十津川は、ちょっと考えてから、

「例えば、終戦直後から三年間、市橋勝之介と三村花江は、この呉で、どんな生

活を送っていたのか。ああ、それから、われわれが呉にくる前、呉の旅館で泊まり客のひとりが殺されています。名前は、榊原悠二。百万円の現金を持ったまま死んでいたのです。この事件も調べる必要があるのではないかと思っています」

「しかし、祖父の事件と関係はないと思いますが」

と、市橋が、簡単にいう。

「私のしる限り、祖父について考えても、榊原悠二という名前は、どこにも出てきませんから」

「しかし、今の君には、祖父の市橋勝之介さんの思い出が崩れてしまっているんだろう？」

「そうなんです。こちらにきて、今までの祖父像とまったく違った祖父像にぶつかって、戸惑っています」

「それなら、これからの捜査で、お祖父さんの知り合いから榊原悠二の名前が出てくるかもしれないぞ」

十津川が、脅かした。

市橋が、眉を寄せ、

「確かに、そうかもしれませんが、しかし……」

「迷っているのなら、殺された榊原悠二のことも、君が調べてみろ。何かわかったらすぐに報告しろ」

十津川が、いった。

「それでしたら、うちの若い刑事をつけましょう」

と、安藤が、いってくれた。

井口という若い刑事が呼ばれ、市橋と事件現場の旅館に急行した。

十津川には、榊原悠二の殺人事件と、市橋勝之介が関係があるという自信があるわけではなかった。

十津川が考えたのは、被害者、市橋勝之介の長い人生だった。

九十四歳。戦後だけでも七十四年という長さである。

その長い人生のどこに、殺される動機があるのかわからなかったからである。

十津川が、もう一つ考えたのは、事件の連動性ということだった。

ある事件が起きると、続けて事件が起きることがある。一見すると、何の関係もないように思えるのだが、Aという事件が起きたために、別のBという事件が起こることがあるのだ。

気づかずに放置しておくと、連続殺人になることもある。

今回は、時期と場所が一致していた。

それで、十津川は気になったのである。

二人の若い刑事は、事件現場の旅館に着くと、そこで話をきき、それから地元の警察署にいってそこで話をきいた。柴田一という年配の刑事が、二人の質問に答えてくれた。

「残念ながら、今のところ、捜査はまったく進展しておりません」

と、柴田刑事が、いう。

「しかし、被害者の名前もすでにわかっているし、百万円の現金を持っていたわけでしょう？　その現金から何かわからないのですか？」

市橋が、きいた。

「それがですね、持っていた運転免許証や、ほかの身元を証明するものは、すべて偽造だったんです」

と、柴田が、いうのだ。

「偽造ですか」

「ええ、非常に巧妙に作られた偽造品でした」

「それでは、現金のほうはどうですか？　そちらも手がかりなしですか？」

「ええ、そうなんです」

「困りましたね」

「しかし、手帳を持っていましたよ。といっても、単なるメモ帳といったようなものでしたが」

といって、柴田は、二人に、そのメモ帳を見せてくれた。

日記帳といったような重いものではなくて、文字どおりのメモ帳で、なかを見ると、やたらに数字やローマ字が書きこんであった。

そのなかに、市橋が注目したローマ字があった。

K・I　KURE・HIRO

である。
K―勝之介
I―市橋
ということなら、祖父の市橋勝之介を示すことになる。

ＫＵＲＥは、当然、呉だろう。ＨＩＲＯは、広島か。

市橋は、メモ帳のほかのページも調べてみたが、ほかには気になる書きこみは見当たらなかった。

市橋は、このことだけを携帯電話で、十津川にしらせた。

「もう少し、そちらで事件のことを調べてみろ」

というのが、十津川の返事だった。

第四章　昭和二十年の愛の形

1

若い二人の刑事が、再び呉警察署を訪ねると、前に話をきいた柴田刑事が笑顔で、

「例の榊原悠二について、一つわかったことがありますよ」

と、声をかけてきた。

「身元がわかりましたか？」

と、市橋が、きく。

「いや、そうではありません。残念ながら依然として、本名も住所もわかりませんが、呉で、ある旅館を探していたことが、わかりました」

「旅館ですか？」

市橋は、ちょっと拍子抜けの感じがした。誰か人間を探していたのではないか、と思っていたからである。

「『大正旅館』という古い旅館です」

「それは、呉の、どのあたりにある旅館ですか？」

と、井口刑事が、きく。

「残念ですが、今はありません」

柴田のその言葉で、市橋は、かえって関心が強くなった。

（殺された榊原は、なぜ、今はもうなくなっている旅館を探していたのか？）

「『大正旅館』というのは、かつてN町にあった旅館ですが、昭和二十年八月十日のB29の空襲で、焼け落ちてしまいました。その空襲では『大正旅館』だけではなく、周辺一帯が焼け野原になってしまっています」

と、柴田が、説明する。

市橋は、昭和二十年八月十日のB29の空襲で焼けてしまったときいた時、逆に、その日までは、呉にあったのだと思った。

それは、反射的に、祖父、勝之介のことを考えたからだった。

市橋勝之介は、八月五日に、戦友の三村勇太郎と一緒に、軍の用事で広島にいき、ひとりだけ呉に帰ってきて、八月六日の広島の原爆をまぬがれている。

その八月五日、六日には〈大正旅館〉はあったのだ。別に、だからどうだということではなく、何気なく、勝之介に結びつけて、考えたのである。

「その『大正旅館』というのは、何か、意味のある旅館なんですか?」

と、市橋は、きいてみた。

「ちょっと、N町の中心から離れた海岸沿いにありましてね。昭和初期には、隠れ宿的な存在だったそうです。当時の持ち主はわかっていて、その孫に当たる人は、今も呉に健在ですから、どうですか、会いにいってみませんか?」

と、柴田が、誘った。

「ええ、もちろん会いたいです。案内してください」

と、市橋は応じたのだった。

市橋と二人の刑事は、柴田が運転するパトカーで、N町通りに向かった。

昭和二十年八月十日のB29の空襲で焼け野原になったというが、今はもちろん、呉の繁華街である。

戦後すぐに闇市が生まれ、それがN通りマーケットになり、特攻くずれの祖父、勝之介が働いていたところでもある。
そのN通りマーケットは、今はN町通り商店街と名前を変えて、賑わってい
た。
そこから車で数分で、呉の港の見える場所に出る。
今は、公園になっている場所の傍らに、よく見ると、
〈大正旅館跡〉
の小さな石碑が立っていた。
柴田は、車を停めて、
「あの石碑は、旅館の持ち主だった木下礼三《きのしたれいぞう》という人が、戦後に立てたもので
す。礼三さんは、すでに亡くなっています。これから、そのお孫さんに会いにい
きます。名前は、木下秀之《ひでゆき》さんです」
その木下邸は、呉港を見下ろす山の中程にあった。
かなりの邸宅である。
当主の木下秀之は、四十五、六歳といった年齢らしいが、渡された名刺には、
広島弁護士会の文字があった。いわゆる少壮弁護士ということらしい。
木下は、柴田の要望に応じて〈大正旅館〉の写真を何枚も持ってきて、市橋た

ちに見せてくれた。

「これが、最後の写真です。昭和二十年の八月九日に、祖父の礼三と一緒に撮られています」

と、木下が、説明する。

古いが、かなり豪華に見える旅館の前に、羽織袴の男が立っている。

「八月九日というと、長崎に二発目の原爆が投下された日ですね」

と、井口がいうと、木下は、うなずいて、

「祖父は、あとになってそのことをしって、とても驚いていました。実は、八月九日が祖父の誕生日で、これは、その記念に撮った写真なのです」

と、いう。

〈大正旅館〉は、その名前のとおり、大正十年にN町で開業していて、木下が見せてくれたなかには、その日の写真もあった。

「軍港が近かったので、一時、海軍さんの関係者の方が、よくお泊まりになられたそうです」

と、木下が、続ける。

「写真のほかに、何か『大正旅館』絡みで残っているもの、あるいは、わかっていることはありませんか」

市橋がきくと、木下はにっこりして、

「実は、旅館は全焼してしまったんですが、八月九日に写真を撮った時、祖父の礼三は、虫のしらせで、そのうちに空襲ですべてが焼失してしまうだろうから、その前に、何か記念になるものをよそに移しておこうと考え、大正時代からの宿帳を、田舎の親戚のところに預けたというのです。その宿帳がありますが、ご覧になりますか」

という。

三人の刑事はうなずき、市橋は、そのなかの昭和二十年の分を、まず最初に見せてもらうことにした。

昭和二十年八月十日のB29の空襲で〈大正旅館〉は焼失しているから、八月九日までの宿帳である。

市橋が、昭和二十年の分の宿帳を、まず見ようとしたのは、昭和二十年は、勝之介が特攻要員として呉にいたからである。

八月分から見ていく。

八月一日から見ていき、あるところで市橋は目を止めた。

八月五日　原口《はらぐち》すみれ様一名　◯

八月六日　広島県尾道《おのみち》市××町

　　　　　原口すみれ様他一名　◯

　　　　　前日に同じ

八月七日　原口すみれ様一名　◯

　　　　　前日に同じ

泊まり客のなかに、原口すみれという名前を見つけたからだった。

勝之介は五反田で、小さな酒場をやっていたが、その名前が〈すみれ〉だったからである。勝之介は、孫である市橋が、なぜその名前をつけたのかをきいても、最後まで教えてくれなかったのだ。

それが今、同じ「すみれ」という名前を、そこに発見したのだ。

しかも、昭和二十年八月五、六、七日の宿帳にである。

八月五日は、勝之介が軍の用事で広島にいき、呉に戻り、危うく八月六日の原爆の被害をまぬがれた日である。

「この宿帳の名前の下に、〇がついているのは、何の印ですか？」

市橋がきくと、木下は、

「当時、お米は、完全配給制になっていましたので、宿泊者には、お米の配給通帳を持参してもらうことにしていたというのです。ですから、おそらくその印ではないかと思いますね」

と、答えた。

「三日間。同じ原口すみれという人が、泊まっていますが、どういう女性なのか、わからないでしょうね？」

「ええ、残念ながら、その時、私はまだ生まれていないので、わかりません」

と、木下が、いった。

が、続けて、

「当時は、B29などの空襲で、旅行もままならなくなっていたといいます。これは、祖父、礼三の話ですが、日本国内の旅行も、許可が必要だったそうです。そんな時代の、無辜《むこ》の女性が、三日も続けて泊まっていられたというのは、この県の、軍関係の知り合いだったからだと思います」

と、いった。

「呉ですから、やはり海軍ですか？」

「そうなりますね」

「特攻隊員は、どうですか？」

「これも祖父、礼三の話ですが、明日、突入するかもしれないということで、特に家族や友人たちに面会を許され、また、呉に泊まって会うことが、許可されていたそうです」

「つまり、この『大正旅館』に泊まって、呉軍港にいる特攻隊員に会うことが、できたわけですね？」

市橋は、念を押した。

「特攻隊員は、死ねば神さまになる人ですから、かなりの自由が許されていたようですね」

と、木下が、いう。

それを証明する写真を、木下は見せてくれた。

それは、海軍の飛行兵五人が、芸者二人と飲んでいる写真だった。飛行兵も若いし、芸者も若い。

「この五人は、翌日、九州の海軍の特攻基地に移動することになっていました。

そして、二、三カ月後に出撃です。それで『大正旅館』の宴会場に芸者を呼んで、壮行会を開いたというわけです」

「その頃も、芸者がいたんですね？」

「昭和二十年頃といえば、一応、高級料亭や芸者は禁止になっていましたが、日本という国は、いつの時代でも、裏と表がありますからね」

と、木下が、笑った。

〈大正旅館〉が、昭和二十年八月九日まで営業できたのも、木下礼三が、呉の海軍のお偉方にコネがあったからだという。

市橋は、急に考えこんでしまった。

2

市橋勝之介は、呉軍港で、水中特攻の訓練を受けていた。

写真に写っている五人の若者と同じだったのだ。

だから勝之介は、呉に恋人を呼んで〈大正旅館〉に泊まらせ、会うことができたのかもしれない。

そして、八月五日である。

この日、命令で、戦友の三村勇太郎と広島にいっている。

三村は急病で、広島の陸軍病院に緊急入院したが、勝之介は、訓練があるからといって、呉に帰った。

翌六日、広島に原爆が投下され、三村勇太郎は死に、勝之介は助かった。

市橋は、その話をきいて、三村勇太郎のことが心配なら、一緒に広島に残ればいいのにと思ったものだが、広島に泊まらず、すぐに呉に戻ってきたのは、ひょっとすると〈大正旅館〉に泊まっている恋人に、会うためだったのではなかったのか、と考えた。

もしそうであるなら、勝之介の気持ちは、さらに屈折したものだったに違いない。

原口すみれという女性が、勝之介の恋人だったかどうかはわからない。

いや、それどころか、この原口すみれという人物については、何もわかっていないのである。

年齢も、わからない。

勝之介と関係があったのか、なかったのかもわからない。

何のために、昭和二十年八月五日から七日まで〈大正旅館〉に泊まっていたのかもわからない。

独身だったのか、結婚していたのかも、わからない。

しかし、想像だけは、どんどん膨らんでいくのである。

昭和二十年八月に、勝之介と同じ二十歳だったとすれば、現在は九十歳を超えている。もし存命なら、会って、勝之介と関係があったのかどうかを、きいてみたいと思った。

「尾道にいって、この原口すみれという女性について、調べてみたいと思います」

と、市橋は、井口刑事にいった。

「殺された勝之介さんと、関係があったと思われる女性ですか?」

「勘ですが、何となく、そんな気がするのですよ」

「それなら、いきましょう。尾道なら、そんなに遠くない」

と、井口は、すぐに応じてくれた。

柴田刑事も、広島県内だからと、パトカーを飛ばしてくれることになった。

市橋は、尾道という地名はしっていたが、訪ねたことはない。林芙美子《はやしふみこ》の

『放浪記《ほうろうき》』や、尾道を舞台にした映画が評判になったということはしっていたが、本は読んでいないし、映画も見ていないのである。

柴田も井口も、同じ広島管内だが、実際に尾道にいったことはないという。

それでも、カーナビから、尾道市でも海岸寄りに見て、海辺の道を東に向かって走らせた。

一時間足らずで、尾道の街に入った。

広島や呉に比べると、小さくて可愛らしい街の感じだった。

もちろん、呉のような軍港の雰囲気はまったくない。近くの因島《いんのしま》へ向かう連絡船が出ていて、観光客が乗っていた。

海に沿って、商店街があった。

そのなかに、林芙美子の像もあった。ちょうど昼時になっていたので、車を駐め、小さな寿司屋に入った。

東京の寿司屋のような、緊張した雰囲気は皆無で、店の子らしい小さな子供が、釣竿を持って走り回っているのである。

よく見ると、店の裏が瀬戸内《せとうち》の海で、子供たちが並んで、釣りをしていた。

江戸前の寿司といったりするが、ここは瀬戸内の寿司というところだろうか。

呉の海は、何となく重い感じなのだが、ここの海は、やたらに明るい。

主人に、そんな寿司を握ってもらいながら、市橋は、

「このあたりに、原口さんという家はありませんか？」

と、きいてみた。

若い主人は、あっさりと、

「この商店街の奥に、家がありますよ」

と、いった。

「そこに、原口すみれさんという女性は、いませんか？」

市橋は、続けてきいた。

「さあ、どうだったかね。今のご主人は、原口健三《けんぞう》さんで、奥さんは、ひろみさんじゃなかったですかね」

「ひろみさんは、山形《やまがた》からお嫁にきたんですよ」

と、奥から女性の声がした。

「原口さんの家は、何かお店をやっているんですか？」

「レストランです。メンチカツがおいしいですよ」

若い主人が、いう。

「戦時中は、何をやっていたんですか？」

「わかりませんが、食堂でなかったことは、確かですね。何しろ戦時中は、食糧がなかったですからねえ」

「何でも、呉の海軍工廠で、働いていたみたいですよ」

また奥から、女性の声がした。

「奥さんですか？」

と、柴田刑事が、きく。

店の主人は、笑って、

「うちの奴は、このあたりの顔だから」

と、いった。

とにかく、その話を確かめるべく、三人の刑事は寿司屋を出て、商店街の奥にあるレストランへいってみた。

「原口健三さんですか？」

店の奥から出てきた中年の男に井口が訊ねると、中年の男が、はい、とうなずいた。

市橋が代表して、警察手帳を見せ、店を切り盛りしている中年の夫婦に、話をきくことにした。

最初は、

「何でもお答えしますよ」

と、笑顔を見せていた夫婦だったが、市橋が、

「原口すみれさんのことで、いろいろと、お伺いしたいことがありまして」

と、いったとたん、二人とも表情が硬くなり、原口健三のほうが、

「すみれのことについては、私たちは何もしりません」

と、強い口調で、いった。

仕方がないので、市橋は、少し脅かすことにした。

「実は最近、呉と広島で起きた二つの殺人事件に、原口すみれさんが関係していると、思われるのです」

「そんなはずはない。彼女は、すでに亡くなっているんだから」

と、健三は、いう。

市橋は、その否定を、話し合いに利用することにして、

「そうですか。原口すみれさんは、すでに亡くなっていますか」

「――」

「原口すみれさんは、昭和二十年八月六日、広島に原爆が投下された時、呉の『大正旅館』という旅館に泊まっていたんです。ところが、この日だけではありません。すみれさんは、八月五日、六日、七日の三日間にわたって泊まっています。何のために泊まっていたのか、われわれとしては、呉に住む誰かに会いにきたのではないかと思いますが、その人の名前がわかれば、ぜひ、教えていただきたいのですよ」

「しりません。何もしりません」

「寿司屋のご主人にきいたのですが、戦争中は、呉の海軍工廠で、働いていたんだそうですね。その方は、あなたのお祖父さんですか？」

「しりません」

「協力していただかないと、こちらとしては、令状を取って、警察まできていただくことになりますよ。できれば、そんなことまでは、したくないですがね」

と、市橋はいい、それでも相手が黙っていると、わざと携帯電話を耳に当てて、

「捜査一課長ですか？　どうしても捜査に協力していただけない方がいるんですが、こちらとしては、ぜひ協力していただきたいと、思っているんです」

そこまでいった時、妻のほうが、夫に小声で、何かをいった。

すると、健三が、

「わかりました」

と、いった。

市橋は、ほっとして、携帯電話をポケットにしまって、

「同じ質問をしますが、気を悪くしないでください。昭和二十年八月頃、呉の海軍工廠で働いていたのは、あなたのお祖父さんですか？」

「そうです。終戦直前の大変な時で、祖父は海軍工廠で泊まりこみで働いていたようで、造っていたのは、特攻兵器の人間魚雷、回天だったときいています」

健三の答えで、突然、話が終戦直前の特攻のことになった。

「八月十日にB29の空襲で、呉の海軍工廠は破壊されましたね？」

「ええ、そうです。仲間が何人も死んだということです」

「原口すみれさんは、お祖父さんの奥さんですか？」

「いや、娘です。兄がひとりいました」

「その原口すみれさんが、さっきも申しあげたように、八月の五日、六日、七日の三日間、呉にあった『大正旅館』という旅館に泊まっているんです。宿帳に、名前と住所が書いてありました。この時、すみれさんは、おいくつだったんです

か？」

「二十歳だったと思います」

「海軍工廠で働くお父さんに、会いにいったんですか？　お父さんは、特攻兵器の製造で泊まりこんでいたというので、それで心配になって」

「――」

答えがない。

それを市橋は、否定と受け取って、

「わかりました。呉にいる恋人に、会いにいったんですね」

と、いった。

「当時、恋人と会うなんてことは非国民的行動で、許されないことだと、祖父はいっていました」

と、いうことは、恋人に会いにいっていたということになる。

市橋は、急に、息苦しくなった。

殺された祖父、市橋勝之介の名前が、出てきそうになったからだった。

市橋は、手帳に、

〈市橋勝之介〉

と、書いて、それを相手に見せた。声に出していうのが、自分の祖父のことなので、照れがあったのだ。

「もしかすると、この人だったのではありませんか？　当時、二十歳です。呉の軍港にいて、特攻の訓練をやっていたということなのですが」

と、市橋が、いった。

「いや、その人ではなかったと思います」

それが、原口健三の返事だった。

「違うんですか？」

「違う名前をきいています」

「何という名前ですか？」

「そこまでは、わかりませんが、市橋勝之介という名前じゃありません」

と、健三が、いう。

突然、事件に近づいたのに、また急に離れてしまった感じだった。

（原口すみれは、今回の事件とは関係がないのか）

と、考えてから、市橋は、ある考えを頭に浮かべて、別の男の名前を書いて、相手に見せた。

「この人ですか？」

じっと、相手の反応を見た。

「たぶん、その人です。そうです。それが、祖父からきいた名前です」

と、健三が、いった。

「間違いありませんね？」

市橋は、念を押す。

「間違いありません。しかし、なぜ、こだわるんですか？」

「今は、理由があって、申しわけありませんが、お答えできません。この時、すみれさんは、何をしていたんですか？」

と、市橋は、質問を進めていった。

「見習いの看護婦で、将来は、従軍看護婦として戦地へいくつもりだったと、そうきいています。終戦で、戦地にはいかずにすんでいますが」

「戦後は、どうしていましたか？　看護婦を、続けていたんですか？　結婚でも、されたんですか？」

「そこまで、答えなければいけませんか？」

「答えていただきたいのです。何しろ、殺人事件が絡んでいますから」

と、市橋は、また脅した。

健三は、ひと呼吸おいてから、

「戦後二、三年たった時、祖父、すみれから見れば父親ですが、に反抗して、すみれは家を出て、そのまま帰ってこなかったというのです。祖父が怒って、すみれを勘当してしまい、それからは、誰にきかれても、すみれのことは、何もいうなと、いっていたときいています」

と、いった。

「家出をした理由は、何だったのですか？」

ここまで黙っていた井口が、きいた。

「祖父は、頑固で有名だった人で、すみれは、その生き方や考え方に、反抗したんだと思います」

と、健三が、答える。

「申しわけありませんが、もう少し具体的に話してもらえませんか」

市橋が、いった。

「具体的にというのは、どういうことでしょうか？」

健三は、むっとした表情になっていた。

それでも、市橋は、構わずに食いさがった。

「例えば、男の問題だったんじゃありませんか？　すみれさんには、好きな男がいた。父親は反対したが、彼女は、その男と一緒になりたくて、家を飛び出していった。そういうことだったんじゃありませんか？　違うんですか？」

刑事の一般的な質問としては、かなりしつこかった。

井口刑事と柴田刑事は、驚きの表情で見守っている。

「そんなことまでは、私はしりませんよ」

健三は、明らかに、腹を立てていた。

その態度から、市橋は、勝手にイエスと受け取った。

「すみれさんは、家を出てから一度も帰ってこなかったんですか？」

と、次の質問に、移った。

「そうきいています」

「いつ、何歳で亡くなったのか、それを教えてください」

「そんなことまで、どうして答えなければいけないんですか？」

「これが最後の質問なので、ぜひ答えてください」

「いつ亡くなったのかはしりません。ただ、祖父が亡くなった時、弔電が届いて、すみれの名前がありました。そのあとすぐに、彼女も亡くなったときいています」

「すみれさんは、一度も帰ってこなかったんすね？」

「ええ、そうです。これ以上、すみれについての質問はやめてください」

3

捜査本部のある呉警察署に戻ると、市橋は、十津川に報告した。

「捜査を進めていくにつれて、祖父に対する見方が、変わってきました」

と、いった。

「どう変わったんだ？」

と、十津川が、きく。

「私は、祖父と二人だけの生活が長かったんですが、その時の祖父は、非常に寡黙でした。それに、死が日常化していた特攻隊員だったこと、戦後の苦しい時代を生きてきたことなどを考えて、祖父という人は、生真面目で、純粋な生き方をしてきたのだと、そう勝手に決めつけていたのです。ところが、今回の事件で調べていくと、祖父は、女性に対して、いいかげんで、特攻あがりであることを自慢していました。ひょっとすると、戦時中に友人を裏切っていたんじゃないか。他人を騙してきたんじゃないか。そんなふうに思えてきました。正直なところ、がっかりしています」

「君は前にも、そんなことをいっていたが、がっかりする君のほうが間違っていると思うよ」

と、十津川が、いった。

「そうでしょうか？」

「戦争の時代から、戦後という辛い時代があった。市橋勝之介さんは、その時代を生きてきたんだ。生きるために嘘をつくことも必要だったろうし、人を騙すことも仕方なかったんだろうと思うよ。何しろ、法律どおりに生きたために、餓死した人がいたくらいの時代なんだからね。それなのに、君は、というより、日本人はというべきかな。生きにくい時代なのに、逆に真面目に生きることを要求するんだ。それが間違いだとわかったんだ。それで、どうしたいんだ？」

「花江のことを、もっとしりたいので、祖父が、戦後働いていたN通りマーケットについて調べたいのです。警部は、そのマーケットを牛耳っていた男の伝記を、読まれたそうですね」

「太田垣《おおたがき》という男の伝記だよ。息子があとがきを書いている。市橋勝之介さん本人のことにも少し触れているが、もちろん、すでに故人だから、孫の太田垣隆之《たかゆき》氏に話をきくしかない」

「会って、私も祖父のことや、花江についてききたいと思います。どんな人物ですか？」

「私も、まだ会っていないのだけれど、国会議員をやっているが、評判は、あまりよくない。だから、自分、あるいは、祖父や父親については、都合のいい話しかしないだろうし、自分たちにとって都合の悪い話は、しらないというかもしれない」

「それでも、話をききたいと思います。お祖父さんや父親に、祖父や花江の話を、何かきいているかもしれませんから」

「では、一緒に、太田垣隆之氏に会いにいこう。私も、話をききたくなった」

と、十津川も、いった。

太田垣邸は、呉市の中央にあった。マーケットを牛耳っていた太田垣隆史《たかふみ》は、闇市やマーケットで儲けたが、政界に入ることを考え市会議員になったというが、利権などは、孫の隆之まで持ち続けてきたのかもしれない。

十津川と市橋は、地元に帰っていた太田垣隆之に面会した。太田垣隆之は、十津川の名刺を見て、

「警視庁の警部さんが、いったい何のご用で呉に？」

と、きいた。

「東京の人間が呉で殺されて、その殺人事件の捜査に当たっています。市橋勝之介という名前で、終戦直前は二十歳の特攻隊員でしたが、戦後は、この呉で、N通りの闇市やN通りマーケットで働いていたことがあるという男です」

「N通りマーケットなら、私の祖父がやっていたマーケットだよ」

「ええ、そうです。そこで働いていた人間です。太田垣隆史さんの自伝『男一代』にも名前が出てきます。こちらの市橋刑事は、その孫に当たります」

「ああ、思い出したよ。その名前なら、祖父の自伝にも書いてあるし、確か、嫁の世話をしたはずだ」

「そうです。三村花江という女性です」

と、十津川が、いった。

「そうだ、そうだ。祖父は、市橋勝之介という若者が気に入って、仲人役まで引

き受けたんだよ。二人は一緒になったが、勝之介は、女を籍に入れていなかったばかりでなく、祖父が、ちゃんとしろというと、逃げ出してしまったんだ。祖父も父も怒っていたのを覚えている」

「問題は、そのあとなんです」

と、市橋が、口を挟む。

「君は、本当に勝之介の孫なのかね？」

太田垣が、不審げに、きく。

「そうです。それで、おききしたいのですが」

「私がしっている限り、何でも答えてるが、いったい何をききたいんだ？」

「太田垣隆史さんは、その後、祖父の勝之介を探されたんでしょうか？」

「君のお祖父さんは、三村花江を捨てて、どこかに逃げたんだ。だから、探していたよ。私の祖父は、勝之介が、恩を仇で返したと怒り、捨てられた三村花江が可哀相だといって、父の話では、若手社員に命じて、勝之介を探させていたと、きいている」

と、太田垣が、いう。

「それで、祖父の勝之介は、見つかったんですか？」

と、市橋が、きく。

隆之は、何かいおうとしてから、目の前の若い刑事が、市橋という名前であったことに気づいたので、

「人のプライバシーに関する、こんなことを話してもいいのかな」

と、十津川に、目をやった。

「ぜひ話してください」

と、市橋がいい、十津川も、黙ってうなずいた。

太田垣は、もともと話好きなところがあるらしい。

「そうですか」

と、うなずいてから、

「これも父の話だが、ある時、祖父が『見つけたぞ！』と、大きな声を出すのをきいたといっていた」

「それは、いつ頃のことですか？」

「昭和三十年代に入ってからだと思うよ。首相が、もはや戦後ではないといっていた頃だったから」

「昭和三十五年じゃありませんか？」

「昭和三十五年か。そうだ。祖父が亡くなったのが三十九年の東京オリンピックの年で、その四年か五年前だったから、昭和三十五年だったかもしれないな。祖父は、三村花江を連れて、東京にいったんだよ。見つけた市橋勝之介の首根っこを摑んで、今度こそ花江と結婚させてやるんだと、いっていたときいている」

と、太田垣は、いう。

「三村花江さんを連れて、東京にいったんですね。今度こそ、二人を結婚させてやるといって？」

市橋は、念を押した。

「そうだよ。押さえつけてでも、婚姻届に判子を押させてやるといったそうだ。祖父は、よくも悪くも昔気質で、いい出したらきかない人だったからね」

「それで、うまくいったんでしょうか？」

「これも父の話だよ。私は、まだ生まれていなかったから」

と、太田垣は、断ってから、

「一週間ほどして、祖父は、ひとりで帰ってきて、父が『うまくいったんですね？』ときくと、祖父はにっこりして『今度また俺を騙したら、殺してやる。そういって脅かしてやったから大丈夫だ』と、いったそうだよ」

と、いった。

「お祖父さんの太田垣隆史さんは、いわゆる土地の顔役だったそうですね？」

これは、十津川が、きいた。

太田垣は、笑って、

「祖父の自伝を読んでいただければわかりますが、あの頃は、任俠という言葉が、まだ生きていたから、おだてられて、他人のために走り回っていたんだよ。三村花江と市橋勝之介の二人のことだって、自分には、何の得にもならないのに、何とか一緒にしようと、走り回っていたんだから」

「戦後、闇市を取り仕切り、その後、N通りマーケットを育てあげ、政治家にもなろうとされたんですから、力があったし、何人も人を使っていたんでしょうね？」

「そりゃあ、力がなけりゃあ、戦後の混乱期に人を集めて、マーケットなんてやっていけないよ」

「その頃、何人くらいの人間がいたんですか？　組員といっても、いいかもしれませんね」

「七、八百人といったところじゃないかね」

「そのなかには、特攻くずれの市橋勝之介もいたわけですね？」

「祖父は、能力さえあれば、特攻くずれだろうが、ほかの国の人だろうが、喜んで使っていたんじゃないかな」

「昭和三十五年頃には、どうですか？」

「その頃でも、四、五百人はいたと思うよ。組織としては、組から会社になっていたが」

「それでも、かなりの圧力でしたね。特に、太田垣組にいたことのある人間にとっては」

「それは、市橋勝之介のことをいっているのかな？」

と、太田垣が、きく。

「まあ、そうですが」

「どうだろうかね。何しろ、市橋勝之介は、祖父に三村花江と結婚すると約束しておきながら、三年後に逃げ出してしまった男だから」

「しかし、三年間は、一緒にいたわけでしょう？」

「それはそうだが、とにかく、約束を破って逃げて、行方をくらましたんだよ」

と、太田垣は、肩をすくめたあと、市橋に目を移して、

「市橋勝之介さんが亡くなったことをしりました。妙な具合になりましたが、お悔やみ申しあげます」

と、太田垣は、取ってつけたように、いった。

4

十津川と市橋は、呉市内のホテルに入り、遅めの夕食を、ホテルのなかでとることにした。

「今日は、疲れたろう」

と、十津川は、箸を動かしながら、市橋をねぎらった。

「やはり、自分にというより、好きだった祖父に関係のある事件は、心理的に疲れてしまいます」

正直に、市橋が、いう。

「細かいことを、いろいろときききたいんだが、構わないかね?」

「ええ、もちろん構いません。あとで報告書に書いて、読んでいただきたいと思っていましたから」

「太田垣の話で、君は、昭和三十五年にこだわっていたが、それはなぜなんだ?」

「祖父が、昭和三十五年に、結婚したことになっているからです。相手は、三村花江です」

「なるほど。しかし、遅い結婚だね。勝之介さんは終戦の時には二十歳で、特攻隊員だったんだろう?」

「そうです。三十五歳で結婚、その時、相手の三村花江さんは、三歳年下の三十二歳だったときいていました」

「その結婚について、君は、どんなふうにきいていたんだ?」

と、十津川は、きいた。

「祖父は、昭和二十年の八月の初めには二十歳で、本土決戦に備え、呉で、水中特攻の訓練をしていました。仲のいい戦友に、同じ特攻隊員の三村勇太郎がいましたが、偶然、八月六日の広島への原爆投下で、その戦友は死亡し、自分は助かって終戦を迎えた。その、一種の贖罪のような気持ちで、祖父はすぐには東京には帰らず、三村勇太郎の妹、花江と一緒になって、呉で働いていたと、そうきいていたのです」

「一種の美談のようになっていたのか?」

「そうです。ただ、なぜかすぐに結婚せず、十五年後の昭和三十五年に結婚したのかは不思議でしたが、戦後の、混乱期のせいだろうと考えていました」

「結婚式の写真は、ないのか？」

「それが、一枚だけ見ています。祖父と花嫁の三村花江が二人だけで、写っている写真です」

「その三村花江さんについて、どんなふうにきいてきたんだ？」

と、十津川が、きく。

「父も祖父も、なぜか、私の祖母に当たる花江のことを、ほとんど話さないんです。それで、父を産んだあとすぐ、亡くなったんだろうと、私は勝手に思っていました。それでも、あまりにも祖父が、花江のことを話さないので、何か理由があって、父を産んだあと、自殺をしたんじゃないかと、そんなことまで考えたこともありました」

「今回、その勝之介さんが殺されたり、その捜査のなかでいろいろとわかってきて、今は、どう考えているんだね？」

十津川は、じっと市橋を見て、きいた。

「正直にいって、わからなくなりました。ただ、私が描いていた美談の匂いは、消えました。それどころか、原口すみれという女性が出現してきたのには驚きました。今まで祖父のまわりに、すみれ、という名前が現れて、首をかしげていたのですが、その答えが、見つかったような気がします」

と、市橋は、いった。

「どういうふうにわかったんだ？」

十津川が、さらにきく。

「あまり嬉しくない答えなんですが」

と、市橋は、自問する調子で、いった。

「祖父は、戦友、三村勇太郎の彼女と関係があったのではないか、と思うようになりました」

「それが、原口すみれか？」

「そうです。彼女は、八月の五日、六日、七日の三日間、呉の『大正旅館』に泊まっています。最初、三村勇太郎に会いに、尾道からきていたんだと思いましたが、六日の広島の原爆で、三村勇太郎が亡くなったあとも『大正旅館』に残っていましたから、祖父の勝之介に会うためだったに違いないと、思いました」

「それは、三村勇太郎の恋人だった原口すみれが、三村勇太郎を裏切ったんであって、勝之介さんが裏切ったのとは、違うんじゃないのかね」

十津川がいうと、市橋は、小さく首を横に振って、

「私もそう思いたいのですが、とても、思えなくなっています。三村勇太郎と一緒に軍の用で、祖父は広島にいき、三村勇太郎が入院することになった。その時、なぜ、祖父が一緒に広島に残らなかったのかが、とても不思議でした。大事な戦友です。それも、明日に死ぬことになるかもしれない特攻隊員同士なのにです。今回、その理由がわかりました。呉の旅館に、彼女が待っていたからだったのです。もともとは、三村勇太郎の彼女だった女性です。しかも、そのおかげで、三村勇太郎は原爆で死んだのに、祖父は助かったのですから、さぞや後味が悪かっただろうと思います」

「その気持ちから、戦後三年間は、三村花江と一緒に呉ですごしたという、つまり、そういうことかね？」

「それに、闇市の親分だった太田垣隆史の指示もあったと思います」

「その間、原口すみれは、どうしていたんだろうな？」

十津川が、きく。

市橋は、少し疲れた表情になって、

「警部は、どう思われますか？」

「そうだな。三年後に、勝之介さんは、太田垣に咎められるとすぐ、姿を消してしまったんだろう。東京に帰って、新しい仕事を始めた。と考えると、勝之介さんは、ずっと原口すみれと連絡を取り合っていたんだろうと、私は思う。彼女がいたからこそ、東京の五反田で、すぐに新しい仕事を始められたんだと思うからだ」

と、十津川が、いった。

「そうですか。やはり、警部もそう思われますか」

「その後のことを考えると、今いったようなことしか、思いつかないんだよ」

「結局、祖父は三村勇太郎を裏切り、彼の妹、三村花江のことも裏切ることになったと、私は思います。残念ですが」

と、市橋は、いった。

そう考えていかないと、勝之介が九十四歳で殺され、また〈大正旅館〉のことを調べていたと思われる、榊原悠二という男が殺されたことに、納得ができなくなるのだ。

5

榊原悠二という名前も住所も、本物でないことはわかっている。

もう一つ、わかっているのは、榊原悠二のメモ帳に、市橋勝之介の頭文字と思われる〈K・I〉のアルファベットが書いてあったことである。

そして、問題の〈大正旅館〉について、調べていたこともである。

榊原悠二の年齢から、彼自身が九十四歳の市橋勝之介や原口すみれに、興味があったとは思えなかった。

とすれば、何者かに頼まれて呉にきて〈大正旅館〉や市橋勝之介のことを調べていたと考えられた。

百万円の現金を持っていたのは、その報酬なのか。

翌日から警視庁と広島県警の合同で、その捜査が始まった。

捜査方針を、次のように決めた。

榊原悠二は、精巧な偽造運転免許証を、持っていた。そのことから考えて、普通の人間とは思えない。

そこで、プロと断定した。

百万円の現金は、その報酬と考えられるが、普通なら、そんな現金を持ち歩いたりはしないだろう。

ということは、依頼主が、前々から依頼していた仕事ではなく、ごく最近、それも、突然の依頼だったに違いない。

依頼主は、百万円の現金を手にして、榊原悠二の前に現れ、これで調査を頼むといったと、考えられた。

現在の日本で、民間の調査員となると、私立探偵しか考えられなかった。

免許制ではないので、誰でも私立探偵になれるが、仕事としてはハードなので、元警察関係者が多い。

十津川の知り合いの刑事で、退職して私立探偵になった者も何人かいる。

以前は調査も単純で、簡単なものが多かったが、最近は、調査内容も調査対象も複雑になり、難しくなった。

そのため、私立探偵側も、いろいろと工夫をするようになった。

なかには、違法な方法をとることも多いことを、十津川はしっていた。

難しい調査を頼まれたとする。私立探偵という名前で調べようとしても、拒否されてしまう。そこでどうするか？

有名新聞社の記者の名刺を作り、身分証明書を作り、取材と称して調べるのだ。

時には、税務署員の身分証明書を偽造する。税務調査だといえば、多くの会社や個人がおとなしく、調査に応じてくれる。税務署は怖いからだ。

今回の場合、どうもそうしたケースではないかという意見が捜査会議で出て、日本全国、特に、東京の私立探偵を調べることにした。

特に東京の私立探偵を調べることにしたのは、市橋勝之介も原口すみれも、東京にいたと、考えられたからだった。

そこで、私立探偵の洗い出しからすることになった。

この捜査には、十津川たちに有利なことがあった。

それは、私立探偵が免許制ではないことだった。私立探偵には、誰でもなれるということだが、逆にいえば、何の法律的な権限もない、ということである。

私立探偵が、素行調査を依頼されたとする。そこで、私立探偵が、ある人物の尾行を始める。

その人物が歩きながら、八百屋の店頭に並べられたみかんを一つ、さっと摑んで素知らぬ顔で歩き続けたら、尾行している私立探偵は、どうすべきか？

何の権限もない私立探偵は、一般の市民として行動しなければならないのである。

尾行を中止し、一一〇番通報して、目撃したことを警察にしらせなければならないのだ。

したがって、十津川たちが電話をして、殺された男についてきいた場合、相手は、それに協力しなければならないのである。

二日後、十津川が予想したとおり、榊原悠二の身元が割れた。

東京の新橋《しんばし》のビルに事務所を持つ、個人でやっている私立探偵、小林修《こばやしおさむ》、四十六歳だった。

第五章　拡がる過去

1

日下と市橋の若い二人の刑事が、すぐ新橋のビルに直行した。

小林修の事務所は、二十五階建てのビルの八階にあった。二人の刑事が訪ねてみると、事務所のなかでは、二十五、六歳の女性事務員が、ひとりで片づけをやっていた。

日下たちは、警察手帳を見せて、話をきくことにした。女性事務員の名前は、宮本久美《みやもとくみ》、二十五歳。一年ほど前から、この小林探偵事務所で働いているという。

「もう二週間近くも、先生からの連絡がありません。私も、どこに連絡をしていいのかがわからないので、困ってしまいまして、一応、辞職願を書いて持ってきたんです。そうしたら、御覧のように事務所が荒らされていたので、警察に連絡をし、片づけてから辞職願を置いて帰ろうと思っていたのです」

と、宮本久美が、いった。

どうやら彼女は、この探偵事務所の主である小林修が殺されたことは、まだしらないらしい。

確かに、事務所のなかを見ると、かなり荒らされている。

「最近、小林さんが、どんな仕事を依頼されて、どのような調査をしていたのか、それはわかりますか？」

と、日下が、きいた。

「小林先生は、日頃から、仕事の話をあまりなさらない方なので、詳しいことはわかりませんが、一カ月ほど前から、ちょこちょこ呉や広島にいっていました。そのたびに、私が、飛行機や新幹線の切符の手配をしていましたから」

と、久美は、話す。

「それでは、一カ月くらい前から、同じ仕事をしていたようなのですね」

と、日下が、きいた。

「ええ、そう思いますが、詳しいことは、私には本当にわからないんです。今も申しあげたように、先生は、普段から秘密主義の方でしたから」

「しかし、調査の依頼主は、この事務所にやってきて、小林さんに相談をしていたのではありませんか？」

と、市橋が、きいた。

「ええ、いつもは、そうなんです。ところが、今回の場合は、小林先生のほうから依頼主のほうに電話をされて、話し合ってからその後、ホテルに会いにいったようなのです。ですから、私は、依頼主の顔を、一度も見ていないのです」

「どこのホテルで会っていたのか、わかりますか？」

「たぶん『帝国ホテル』ではないかと思います。先生が依頼主に会う時は、いつもそうでしたから」

「ほかに、今回のことについて、何かわかっていることはありませんかね。例えば、依頼主の名前なんかがわかっていると、助かるのですが」

と、日下が、きいた。

「それが、申しわけありませんが、全然わからないんですよ。ただ、今度の仕事は、秘密を絶対に守らなくてはいけない、かなり重要な仕事だから、君も、依頼主の名前はしらないほうがいい。仕事がうまくいけば、君にも特別にボーナスを払ってやれるから、楽しみにしておけ、といわれていました。それが、ボーナスどころか、二週間近くも連絡がつかなくなってしまって。だから、困っていたのです」

と、久美は、繰り返す。

そこで、市橋が、

「実は、小林修さんは、呉で亡くなっています」

と、告げた。

「え？」

という顔をした久美に向かって、

「何か、危険な仕事をしていたという感じは、ありませんでしたか？」

と、日下が、きいた。

「それはわかりません。今もいったように、秘密を絶対に守らなくてはいけない。かなり重要な仕事だから、成功したら特別にボーナスを払うという、そういう約束になっていたんです。ですから、お金になる調査だということは、私にも想像がついていました」

「あなたは、小林さんから、呉や広島へいく新幹線や飛行機の切符を頼まれて手配していたんですね？」

「そうです」

「でしたら、小林さんが、どのくらいの頻度で呉や広島にいっていたのか、それはわかりますよね？」

「少なくとも五、六回は、いっていたのではないかと思います」

「それで、日帰りでしたか？　それとも、向こうで何泊かしていたのですか？」

「日帰りということは、一度もありませんでした。二日とか三日の時もありますし、もっと長いこともありますが、その時は必ず電話をくれていたのです。『もう一日、広島に滞在することになった』とか『呉に急用ができたから』とか」

「しかし、仕事の内容については、あなたには、何もいわなかったんですね？」

「はい、そうです」

「それなのに、いちいち現地から電話をしてきたんですか？」

「それが、よくわからなかったんですけど、何だか、自分が大丈夫だということを私にしらせてきているような、そんな気がしていました。ですから、何か危険な仕事を頼まれていたんだと思うんです」

「それらしいことを、小林さんは、口にしていたんですか？」

「この仕事は、絶対に秘密の仕事だから、君も、内容についてはしらないほうがいい。ただ、大きな仕事をやっているから、僕が呉や広島へいっていることは内緒だよ、と、先生は、そういっていました」

少し、久美の答えが変化した。

二人の刑事は、事務所のなかをゆっくりと見回してから、

「事務所の片づけを、お手伝いしようじゃないか」

と、日下が、いった。

そうすれば、何か発見できるかもしれないと思ったからだった。二人の刑事は、久美を手伝って、散らかされた事務所内の片づけを始めた。

「もう一度、確認しますが、二週間近く、小林さんからは何の連絡もなかった。そこで今日きてみたら、事務所が荒らされていた。そういうことですね？」

と、市橋が、念を押した。

「そうなんです。きちんと鍵をかけて帰ったはずなんですけど、その鍵も開けられていました」

と、久美が、いう。

(呉で、この事務所の主、小林修を殺した犯人が、昨日、この事務所を荒らしたのだろうか)

だが、今回の事件に関係のありそうなものは、なかなか見つからなかった。小林が仕事に使っていたと思われるパソコンもあったが、以前の、すでにすんでしまった調査依頼については、データがいくつか入っていたが、そこには今回の調査については、何も入っていなかった。

小林自身が残さなかったのか、それとも、昨日事務所に忍びこんだと思われる犯人が、消し去ってしまったのか。

そのうちに、久美が、ふいに、

「そういえば、一つだけ忘れていました。今回の調査が始まってから、呉や広島以外にも、新幹線の切符を頼まれて、手配をしたことがありました」

と、いった。

「それは、どこへいく切符ですか?」

日下が、きく。

「山形新幹線の、山形駅までの切符でした」

「それは、小林さんが呉や広島へいく前に、山形へいったんですね?」

「そうだったと思います」

「どのくらいの時間、山形へいっていたんですか？」

「最初は、長くかかりそうだといっていたんですが、結局のところは、三日ほどで帰ってきました」

「帰ってきて、小林さんは、何かいっていましたか？」

「何とか見つけたよ、これであとは呉と広島だと、嬉しそうな様子で、そういっていました」

と、久美が、いう。

二人の刑事は、顔を見合わせた。

「どうやらこれは、新幹線で山形へいってみる必要がありそうだな」

と、日下が、いい、

「確かに」

と、市橋も、すぐにうなずいた。

日下と市橋はすぐ、この状況を十津川にしらせた。

十津川の返事は簡単だった。

「山形へいって調べてこい」

2

日下と市橋の二人は、その足で東京駅へいき、山形新幹線で山形に向かった。

山形駅に降り立ったが、小林修が、いったい何を調べに山形にきていたのかはわからない。わかっているのは、今回の事件に関連した、何かを調べにきたらしいということだけである。

日下が、市橋を見て、

「これからは、君が頼りだよ。君は、今回の事件の準主役だからな」

と、いった。

「そんなことはないですよ。今回の事件で、何の利益も得ていないんですから」

市橋がいう。

現在、二人がもっている手駒は、小林修の写真だけだ。それだけで、この男が、山形までいったい何を調べにきたのかを、調べなければならないのだ。

やみくもに調べても、仕方がないので、まず駅でもらったパンフレットを見てみることにした。

山形県は農業県である。主な産物としては米作と果樹栽培。工業のほうは脆弱である。小林修が、これらのほうを調べにきたとはとても思えない。

それに、小林修がこの山形にきた頃は、ちょうど名産のさくらんぼの最盛期である。現在でも、山形駅には、さくらんぼが並べて売られている。

「まず、さくらんぼのことを、調べてみようじゃないか」

と、日下が、いった。

「さくらんぼではなくて、私は、小林修は、この山形に、誰か人を探しにきたんじゃないかと思うんですがね」

市橋が、いい返す。

「もちろん、そんなことはわかっているさ。だからまずは、さくらんぼに絡んだ人間を捜すんだ」

二人は、山形県庁を訪ねると警察手帳を見せて、死んだ小林修の顔写真を取り出すと、この男が訪ねてこなかったかどうかをきいてみた。

警視庁の警察手帳の力が効いたのか、県庁の担当者は、いろいろな方面まで問い合わせをしてくれた。しかし、小林修がきたという返事はきけなかった。考えてみれば、当然の話だった。

小林修に調査を依頼した人間は、その調査の内容をしられるのがいやだったからこそ、私立探偵に頼んだのである。

とすれば、誰かのことを探していたとしても、警察には頼むなというだろう。

そこで、日下たちは、山形市警察署、山形県警にも頼まず、独自に小林修の足跡を捜すことにした。

山形県は農業県ということで、まずは農家と果樹園を調べてみることにした。

しかし、最近は、農業県といわれる山形県であっても、小さい農家は次第に姿を消していき、土地を買い占めた、大きな農家が増えてきているのだという。おそらく、そうでなければ、専業農家としてはやっていけないからだろう。

そこで、山形県の農業連合会へいき、小林修という私立探偵が、訪ねてこなかったかをきいた。

写真を見せても反応がない。果実農家専門の組合があったので、そこでもきいてみたが、小林修が、何かをききにきたということはなかったとの返事だった。

一日中、二人であちこちを調べ回ったが、今日のところは、小林修の足跡を摑むことはできなかった。そこで、今晩は山形駅近くのホテルに泊まり、明日に期待することにした。

疲れ切って、ホテルの食堂で夕食をとる。二人は、百枚ずつ名刺を用意してきて、それを数十枚ずつ、ばら撒いてきた。

食事のあと、ロビーでコーヒーを飲みながら寛いでいると、日下の携帯電話が鳴った。

「日下さんですか？　警視庁捜査一課の日下さんですよね？」

相手が、きく。

中年の男の声にきこえた。

「ええ、そうです。日下ですが」

と、答えると、

「私は今、あなたの名刺を持っています。それで、電話をしました」

と、相手が、いった。

今日一日、数十枚もの名刺を配って歩いたのだから、名刺を渡した人間の顔は覚えていない。たぶん、そのなかのひとりなのだろうと思いながら、

「そうですか。それで私に何か、お話しがありますか？」

と、きくと、

「警視庁の刑事さんが、この山形で、いったい何を調べているんですか？」

と、逆に、きいてきた。

「実は今、呉と広島で起きた殺人事件を捜査中です」

「それがどうして、山形を調べているんですか？」

相手が何のために、そんな質問を、してくるのかわからなかったが、日下は、とにかく正直に話すことにした。

「呉で、私立探偵がひとり、殺されました。そしてもうひとり、広島で、今年九十四歳になる老人が殺されました。その私立探偵が、山形に調査にきていたんですよ。彼が、いったい何を調べに、この山形にきたのかはわかりません。しかし、何かしらの理由があって調べにきたのだと思って、こちらにきてみたのですが、その件で、何かご存じのことはありませんか？」

と、今度は、日下が、きいた。

「近藤《こんどう》幸《こう》太郎《たろう》という大地主が、五年前に亡くなりました。近藤幸太郎は、さくらんぼ農家のオーナーでしたが、ほかにも果実関係の工場をいくつも持っていた、山形でも有名な資産家です。その人のことを、調べてみたらどうですか？」

と、相手が、いう。

「その近藤さんという人が、どうかしたんですか？」

と、日下が、きくと、相手は、何もいわずに電話を切ってしまった。

そこで、日下は、泊まっていたホテルのオーナーが、地元の人間だということなので、近藤幸太郎という人物についてきいてみた。答えは、簡単だった。

「その人なら、山形でも五本の指に入る大地主で、資産家だと思いますね。戦後の農地改革によって、多くの土地を手放すことになりましたが、それでも、大地主であることに変わりはありませんでした。その後、近藤幸太郎さんは、さまざまな事業に手を出したのですがすべて成功し、資産がどんどん増えていったことは、皆さんもよくしっています。ただ、お気の毒なことに家族に恵まれない方で、両親も兄弟も、早くに亡くされてしまいました。戦後は、おひとりですごしていらっしゃったんですが、五十歳の時に、やっと結婚をされましてね。その時は、大変な騒ぎになりましたよ。しかし、子供には恵まれずに、男の子がひとり生まれたものの、病気で早くに亡くなってしまったんです。それで今回、その大変な資産、二千億円とも三千億円ともいわれていますが、その資産を、未亡人が継がれたんです。ただ、その未亡人も、一週間前に亡くなられてしまいました。それで、莫大な遺産を、いったい誰が相続するのかが話題になっていましてね。確か、亡くなられた未亡人が、M信託銀行に遺言状を託してあると、そうきいています」

と、オーナーが、教えてくれた。

翌日の朝、朝食をすませると、日下と市橋はM信託銀行へいき、近藤家の未亡人に、遺産の処理を頼まれたかどうかをきいてみた。

その担当をした野村《のむら》という部長が、話してくれた。

M信託銀行は未亡人から遺産相続についての相談を受け、遺言状を作成した。その未亡人が二週間前に亡くなり、その遺言状をどう執行すべきかについて、わざわざ東京の本店から、銀行の副頭取がやってきて、相談に入ったという。

野村部長が、いう。

「こちらでいろいろと調べてみましたが、近藤さんのすべての資産の総合計は、少なくとも三千億円近くにはなっています。ただ、亡くなられた近藤幸太郎さんにも、そして、今回亡くなられた奥様にも、身寄りと呼べるような方が、ほとんどいらっしゃらないのです。そこで、こちらとしては何とか身寄りの方を探し出して、莫大な遺産を相続していただくように、話を持っていきたいのですよ。奥様には、そう頼まれていましたから。それを今、実行しているのですが、なかなか、見つからないのです」

「一カ月ほど前に、東京の私立探偵から、問い合わせはありませんでしたか？」

と、市橋が、きいた。

「ありましたよ」

と、野村部長が、あっさりと肯定して、いった。

「それで、その私立探偵は、その莫大な遺産を引き継ぐ関係者がいると、そういっていたんですか？」

「いいえ、そうじゃなくて、未亡人の名前をきいただけでした。その後、連絡はありません」

「その未亡人の名前を、教えていただけますか？　これは、今も申しあげたように、殺人事件が絡んでいますから」

と、日下が、いい、市橋も、

「ぜひ、お願いします。捜査に必要なことですので」

というと、野村部長は、遺言状が入っていたという封筒を取り出して、見せてくれた。

そこには、遺言状を作成した未亡人の名前が「近藤すみれ」となっていた。

それを見て、市橋が、

「あっ」

と、声をあげ、日下も、

「なるほどね」

と、いった。

「この、近藤すみれさんという未亡人ですが、もしかしたら、旧姓は原口というんじゃありませんか？」

と、市橋がきいた。

「ええ、確かに、そのとおりです。すみれさんは、近藤幸太郎さんが五十歳の時に結婚されました。地元、山形の方ではなくて、実家は広島にあり、東京にも住んでいたことがあると、きいております」

野村部長が、いった。

「そのすみれさんは、どんな遺言状を遺されているんですか？　とにかく、身寄りが見つかったら全財産をその人に譲ると、そういう遺言状ですか？」

日下が、きいた。

「警察の方ですから、お話ししても構わないでしょう。それが、何とも奇妙な遺言状でしてね」

と、野村部長は、いい、亡くなった近藤すみれが書いたという直筆の遺言状を見せてくれた。

テーブルの上に置かれた近藤すみれの遺言状には、

〈私の愛していた方。

もし生きていて、今でも私のことを愛しているといわれるのなら、その方に全財産を相続していただきたい。

もし、その方や子孫がいないのならば、私の財産のすべてを山形県と山形市に寄付することにします。

近藤すみれ（原口すみれ）〉

と、書かれていた。

「なるほど。確かに、何とも奇妙な遺言状ですね」

と、市橋が、いった。

市橋は、何かいいたかったのだが、それをいうことをためらった。

「この遺言状は、世間に発表されたんでしょうか？」

日下が、きいた。

「そのことで今、私たちは、非常に迷っています。それで、本店とも相談しているところです。もし、この遺言状に当てはまるような方がいるのであれば、私たちとしては、その方に、すみれさんの遺言どおりに全財産を差しあげたいと思っています。しかし、この奇妙な遺言状を発表すると、自分こそ、それに該当する人間だと主張してくる人が、何人も現れてくる可能性がありますからね。それで迷っています」

と、野村部長が、いった。

二人の刑事は、顔を見合わせる。

日下が、いった。

「もうしばらく、この遺言状のことは発表せずに、伏せておいてください。よろしくお願いします」

3

近藤家は、江戸時代から続く豪農で、最上川《もがみがわ》を中心とした海運業にも手を出し、それも、成功して資産家になった。

しかし、家族には恵まれていなかった。なぜか、家族が次々に死んでいき、戦後は幸太郎ひとりが生き残って、莫大な富を引き継いでいた。

幸太郎が五十歳になった時に、たまたま、山形にきていた東京の女性、原口すみれとしり合って結婚した。男子をもうけたが、この子は、わずか三歳で、肺炎を患って亡くなってしまった。

五年前に幸太郎が死亡。二週間前に、未亡人となっていたすみれも、九十四歳の年齢で亡くなった。

その時、莫大な遺産は誰が引き継ぐのか、そのことについて地元の新聞やテレビがさまざまに報道したが、東京など大都市の新聞やテレビは、小さくしか取りあげていない。

日下と市橋が十津川に報告して、急遽、東京へ戻ると、十津川と亀井も、呉から戻っていた。

三上本部長から声がかかり、すぐに捜査会議が開かれることになった。そこで、日下と市橋の二人が、山形で調べてわかったことを報告した。

まず、日下。

「殺された、私立探偵の小林修の足跡を追って山形へいきましたが、そこで、意外なことがわかりました。九十四歳で殺された市橋勝之介ですが、彼が殺されたのは、昭和二十年八月六日の、広島の原爆投下、そして、呉での戦後が、殺人の理由だと考えられていました。ところが、ここにきて違う可能性が出てきました。突然、近藤幸太郎という名前が浮上してきたのです。近藤家というのは、山形県でも五本の指に入る大地主といわれていて、近藤王国とも呼ばれています。その近藤幸太郎が、たまたま、怪我して入院した病院で、幸太郎を担当した看護婦の、原口すみれを見染めて結婚しました。その後、幸太郎は死亡し、妻の原口すみれこと近藤すみれが、莫大な財産を受け継ぐこととなりました。今から考えても、意外な点から私たちは、今回の事件の関係者、原口すみれの名前を再発見したというわけです。近藤幸太郎には、これといった家族も親戚もおりません。これについても調べてみたのですが、戦時中に近藤家は、幸太郎を含めて、四人の男子がいました。戦争が始まると、近藤家は莫大な金を軍隊に納めています。そのため、近藤家の四人の男子には召集令状は届かず、戦争が激化しても、四人の兄弟は安全でした。どうもこんなことが、太平洋戦争中にはいくらでもあったようで、このままいけば、戦後の近藤家の遺産問題は、起こらなかったはずなんですが、昭和十九年頃から、近藤兄弟たちは、この戦争はたぶん負けるだろう、もしその結果、日本が共産政権にでもなってしまったら、近藤家の莫大な資産は、すべて没収されてしまうに違いない。その恐怖から、一刻も早く戦争をやめるようにと、和平運動を始めたらしいのです。そのことに激怒した日本陸軍が、四人の兄弟のうちの三人を次々に召集し、わざと激戦地に送りこみ、その結果、三人の兄たちは戦死してしまいました。そして、ひとり娘も亡くなり、四男の幸太郎だけが、生き残ったというわけです。そして終戦になりました。おそらく、この結果が、今回の遺産相続の問題を引き起こしたともいえるのではないでしょうか？　未亡人となった近藤すみれは、信頼できる弁護士に相談し、次のような遺言状を残したことがわかりました」

というと、日下は、問題の遺言状を大きく書いた紙を黒板に貼って、三上本部長や刑事たちに見せた。

〈私の愛していた方。

もし生きていて、今でも私のことを愛しているといわれるのなら、その方に全財産を相続していただきたい。

もし、その方や子孫がいないのならば、私の財産のすべてを山形県と山形市に寄付することにします。

近藤すみれ（原口すみれ）〉

「これが遺言状で、弁護士は念のために、筆跡を鑑定に出したところ、近藤すみれ本人が書いたもので間違いないと認められたといっていました」

と、日下が、いった。

「そこにある『愛していた方』の名前はわからないのかね。それが、重要なポイントになると思うがね」

三上本部長が、きいた。

「確かに、本部長のおっしゃるとおりです。実際の遺言状には、名前も書かれているそうですが、もし、それを明らかにすると莫大な財産を狙って、たくさんの偽者が現れてくる恐れがあります。ですから、それを伏せておいて、その恋人という人間を探してほしい。そして今も、近藤すみれではなく、原口すみれを愛しているかどうかを、きいてほしい。弁護士も、そういっているんです。もちろん、莫大な財産のことは、いっさいしらせずに、です。この件で、一緒に捜査に当たった市橋刑事ともいろいろと話し合ったのですが、どうやら、原口すみれが愛していた人というのは、市橋刑事の祖父、市橋勝之介さんではなかったのか。どうもそのように思われるので、このあとのことは、市橋刑事自身に話してもらいたいと思います」

そういって、日下刑事は、市橋刑事と交代した。

このあとは、市橋刑事が、説明した。

「この問題は今、日下刑事が説明しましたように、私の祖父である、市橋勝之介が関係しているかもしれません。少しばかり説明が難しいのですが、改めて冷静になって、事件をそのまま説明したいと思います。山形県でも有数の資産家、近藤家の遺産相続が、現在のところ大きな問題になっています。当主の近藤幸太郎は、五年前にすでに亡くなっており、その莫大な遺産を未亡人の近藤すみれ、旧姓は原口すみれですが、彼女が相続しています。しかし、その彼女も二週間前に死亡し、今のところ、遺産を相続する人間が見当たらないということをききました。山形周辺では、三千億円ともいわれるこの遺産を、いったい誰が相続するのか、もし相続人がいない場合、その莫大な遺産は、いったいどうなってしまうのか、そのことで地元は大騒ぎになっています。亡くなった近藤すみれの遺言状は今、日下刑事が示したとおりで、彼女が好きだった男性がいて、それは、私の祖父である市橋勝之介ではないかといわれましたが、それはまだ、はっきりと決まっていません。遺言状の管理人は、われわれ警察に対しても、彼女が書いた好きだった人の名前を、明示しないからです。私の祖父、市橋勝之介が原口すみれのことを好きだったことは、はっきりしています。祖父は、戦時中の戦友だった三村勇太郎の妹、三村花江と昭和三十五年に結婚した事実があり、今まで私の父は、祖父の市橋勝之介と三村花江が結婚して生まれたと信じていましたし、私も、市橋勝之介の孫だと信じていました。そして、祖母は花江だと、これも信じていたのですが、どうやら祖父は、三村花江よりも原口すみれのほうが好きだったようで、それが現在の私と、どのように関係してくるのか、これをはっきりさせないと今回の事件の結末も、はっきりしないと、私は思っております。つまり、今回は、二つの殺人事件が絡んでいます。私の祖父、市橋勝之介が広島で殺された殺人事件、そして、祖父のことをいろいろと調べていたらしい東京の私立探偵、榊原悠二こと小林修が呉で殺された事件。この二つです。二つの殺人事件は一見すると、何の関係もない、別々の事件であるかのようにも見えましたが、今回、山形にいって調べてわかった一件を考えると、同一犯の犯行と考えるのは必要なことだと、日下刑事も私も考えております。近藤幸太郎が残した莫大な遺産を狙った犯行。それは、私の祖父の女性問題が絡んでいる。そんな奇妙な事件ではないかと、私は考えているのですが、真相はまだ見えておりません」

その後、市橋が、つけ加えた。

「近藤すみれには親族がいますが、その親族は、遺産の相続を拒否しています。おそらく、莫大な遺産のことについては話さずに、彼女の死だけを伝えたので、負債でもあると勘違いして、慌てて拒否したのではないかと思います」

二人の刑事の説明があったあと、三上本部長が立ちあがって、今回の統括をした。

「若い二人の刑事の活躍によって、事件は意外な方向へと展開したが、同時に、解決が間近に迫ってきたという実感も、私は持った。山形県の資産家が絡む事件となったが、事件の解決は、逆に近くなったということもいえる。二人の人間、小林修という私立探偵と、市橋刑事の祖父の市橋勝之介さんの殺人事件の二つが、今回の捜査によって繫がっていることが、ほぼ明らかになった。したがって、一つの事件の容疑者を逮捕できれば、もう一つの殺人事件も解決するはずだ。もう一つ。事件は、相変わらず太平洋戦争に絡んでいる。太平洋戦争によって、人生を変えられた当時の若い男女がいた。山形の資産家、近藤幸太郎さん。呉で終戦を迎えた、市橋勝之介さん。そして、三村勇太郎の妹で、昭和三十五年に正式に市橋勝之介さんと結婚した三村花江さん。四人目は、本当に市橋勝之介さんが愛していたと思われる原口すみれさん。そして、七十数年をすぎた今、当時の戦争と戦後の問題が、ここにきて殺人事件を生んだと、私は、考えている。したがって、今後の捜査も、昭和二十年の終戦の時から現在までの歴史、そして、山形の資産家の莫大な遺産に絡む動機、それに絡んでいる事件で、そのすべての捜査を同時に進めていけば、事件は解決するものと考えている。これが現在の私の、捜査に対する考え方だ」

と、三上本部長は、いった。

4

十津川は、市橋刑事だけを呼んで、話をした。

「今回の事件は、君の祖父である市橋勝之介さんが絡んでいる。捜査が進むにしたがって、どう絡んでくるかわからない。君がもし、捜査に加わっているのが苦しいというのであれば、今回の捜査からはずれてもいいと、私は思っているが、その点君は、どう考えているんだ？」

十津川がきくと、市橋は即座に、

「祖父が絡んでいるからといって、捜査から逃げるわけにはいきません。確かに、祖父のことを考えると、正直いって、少しばかり感情的になったりすることもあります。しかし、それでも私は、できれば今までのように、捜査を続けたいのです。個人的にも祖父が、どのように事件に絡んでいるのか、それをしりたいと思っていますので、ぜひとも今までどおり、捜査からはずさないでください。お願いします」

と、答えた。

十津川は、うなずいて、

「よし、君の気持ちは、よくわかった。それなら今までどおり、捜査本部の一員として捜査を続けたらいい。ただし、すべての責任は君自身にあるぞ。そのことだけは、きちんと覚えておけ」

「わかっています」

と、市橋は、うなずいた。

十津川には、もう一つ、心配していることがあった。それは、今回の事件を伝えるメディアの動きだった。

これまでの警察の捜査に対して、メディアは一応、報道することはするが、大きく取りあげることはなかった。

しかし、これからは、まったく違う対応をみせるだろうと、十津川は考えていた。

何といっても、山形の資産家が絡んだ事件になってしまった。否応なしに、興味本位のメディアの扱い方も覚悟しなければならない。

幸いなことに、今までは市橋刑事の名前は、表に出てこなかった。

しかし、もし、市橋勝之介が、莫大な財産の遺産相続人ということになったら、その孫である市橋刑事の名前も、当然メディアは取りあげるに違いない。その時の市橋刑事の困惑を想像すると、十津川は、どうしても心配になってくるのである。

市橋は、刑事としての才能もあり、一応の覚悟もできている。

しかし、何といってもまだ若い。刑事としての経験も浅い。それが二千億から三千億円という巨額の遺産の相続人の孫ということになれば、否応なしに、メディアの格好の的になってしまうことだろう。

その時が心配なのだ。

市橋自身は平気だといい、今までのように捜査を続けたいといっている。

しかし、メディアがどのように対応してくるかは、今のところまったくわからない。ひょっとすると、市橋刑事個人が、彼らに狙われることになるかもしれない。そのことも覚悟しておかねばならないと、十津川は、自分にいいきかせた。

第六章　二人の女

1

市橋は、しばらくぶりに函館に、父の専太郎を訪ねていった。

どちらかといえば、殺された祖父の勝之介と一緒に生活をしていたから、専太郎のところにいくのは何となく気まずいのだが、事件がここまできては、専太郎にどうしても話をきく必要があった。

父の名前は市橋専太郎、五十八歳。母の弓子《ゆみこ》は五十四歳。

父は現在、大手企業の函館支社の管理部長をしている。真面目で平凡なサラリーマンである。

今日は日曜日なので、家にいるだろうと思って訪ねると、確かに専太郎は在宅していた。

ひとりで釣竿を手にし、近くの川へ釣りにいこうとしているところだった。

母、弓子のことをきくと、学生時代の友だちに会いにいっているという。

「母さんに会いにきたのか」

専太郎がきくので、

「いや、お父さんと今日は話をしたくて」

というと、

「これから釣りにいくから、一緒にこないか」

と、誘われた。

専太郎と釣りにいくのは、久しぶりである。

成人してからは、一度もいったことがなかった。

近くの川まで、歩いて三十分くらい。時間をかければ大きな鯉が釣れそうだが、専太郎は暇潰しに釣りをしているといい、鯉を釣ろうという気はないらしい。呑気に糸を垂れ、話しかけてきた。

「殺されたお祖父さんのことを調べているそうだね」

「それで、お父さんにききたいことがあるんですよ。お父さんは、昭和三十六年の生まれでしたね」

と、きく。

「そうだよ。父さんが、三村花江さんと結婚したのが昭和三十五年だ。その翌年に生まれている」

「お祖父さん夫婦が、どんな理由で結婚したのか、きいていますか?」

「もちろん、きいている。父さんは、戦争末期、戦友の三村勇太郎さんと、呉の海軍基地で特攻の訓練を受けていた。軍の用件があって、三村さんと広島に出かけたが、戦友の三村さんだけが、八月六日の原爆で死に、父さんは幸運にも助かった。戦後は、戦友三村さんの妹、花江さんと昭和三十五年に結婚したと、そうきいている。ただ、結婚式の写真や花嫁の、お前から見ればお祖母さんの写真は、一枚か二枚しか残っていないんだ。どうしてそんなに写真が少ないのかは、きいたことがない。何か理由があると思うがね」

と、専太郎が、いった。

「母親の花江さんの思い出は、いろいろとありますか?」

と、きくと、専太郎はすぐには答えず、黙って餌をつけ替えてから、

「五、六歳の時までは、あるんだ。だけど、それ以後の記憶がなくてね。父さん

にきいたら、数年の結婚生活のあと、母さんは亡くなったと教えられた。しかし、どうも、そのあたりがはっきりしないんだよ。父さんもなぜか、亡くなった母さんのことを喋ってくれなかったから、よくわからんのだ。今もいったように、母さんは私が生まれてから数年経って亡くなったとしか、私はきかされていない」

じっと、釣り竿の先を見ながら、専太郎が、いった。

「お父さんは、原口すみれという女性をしっていますか」

市橋も、同じように竿の先を見ながら、隣の専太郎に、きいた。

「ああ、きいたことがある。しかし、父さんのことは私よりも、お前のほうが詳しいだろう。なぜか父さんは、年齢をとってから長男の私と妻のことを嫌って、孫のお前と住んでいた。理由はわからないが、何か私に内緒にしておきたいことがあるんじゃないかと、私は、勝手に考えていた。ひょっとすると、それが、原口すみれという女性のことなんじゃないのかね」

今度は、専太郎がきく。

「前にもいいましたが、現在、私は、お祖父さんが殺された広島の事件を、広島県警と一緒になって調べているんです。さっき、お父さんがいわれた、呉で特攻訓練をしている時に、戦友の三村勇太郎さんを広島に投下された原爆で失い、その戦友と約束したことを守って、妹の三村花江さんと一緒になったということが、一つの美談のように語られていることは、しっています」

「その話なら、私もきいたことがある」

「私は、今回の事件の前までは、この美談を信じていたのです。しかし、お祖父さんの若い頃のことをいろいろと調べていると、どうも三村花江さん以外にも、好きな女性がいたらしいと、わかってきました」

「つまり、それが、原口すみれという女性なのか」

「ええ、そう考えています」

「やはり、自分の肉親が殺された事件を扱うのは、しんどいかね?」

「それだけならまだいいのですが、どうも私自身が、事件に絡みそうな気配で、そのことに困っているのです。孫の私だけならいいですが、ひょっとすると、お父さんにも関係してくるかもしれません」

市橋が、いった。

「私にも?」

おうむ返しにきいてから、

「そうか、母さんのほかに、父さんには原口すみれという好きな女性がいたということか。しかし、冷静に捜査をすればいいんだから、困るということは、ないんじゃないのか」

「そう思っていたんですが、ここにきて、少しばかり問題が出てきました」

市橋は、山形の資産家、近藤家の話をした。

未亡人になった近藤すみれ、旧姓原口すみれが亡くなって、二千億から三千億円という莫大な資産を遺しながら、同時に奇妙な遺言状を遺していることも話した。

専太郎は、黙ってきいていたが、

「なるほどね」

と、うなずき、

「その遺言状が、私の父、市橋勝之介に関係しているということだろう？　しかし、市橋勝之介は、もう死んでしまっているよ。それでも、その奇妙な遺言状が、問題になるというのかね？」

「ええ、何しろ、ただの死に方ではなくて、殺されていますからね。やはり、その遺言状が関係しているような、そんな気がして仕方がないのです」

と、市橋は、いった。

本当なら、もっと直接的にいいたいのだが、やはり専太郎が隣にいると、遠回しないい方になってしまう。

市橋のためらいを、専太郎は、敏感に感じ取ったのか、

「今、お前が直面している本当の問題が、わかったよ。昭和三十五年に父さんが、三村花江と結婚をして、翌年、私が生まれた。だが、その間も、父さんが原口すみれさんという女性と関係があったとすれば、私は、ひょっとすると、花江の子供ではなくて、原口すみれさんの子供かもしれない。お前は、そんな心配をしているんだろう？」

「心配をかけたくはないんですが、捜査をすすめていると、そういうことも、考えてしまうんです。前にもきいたんですが、お祖母さんと、生まれた赤ん坊の頃のお父さんが一緒に写っている写真は、ないそうですね？」

「私が十代になってから、ずいぶん探したんだが、結局見つからなかったよ。お母さんにきこうとしても、その頃はもう亡くなってしまっていた。今、こんな話になると、どうしても自分の出生に疑いを持ってしまうが、お前たちの捜査で真相がわかるまでは、私は、今までどおりに、花江の子供だと思うことにしている

よ」

と、ちょっとだけ小声でいい、専太郎は、笑って見せた。

「実は、困ったことに、お祖父さんの市橋勝之介と原口すみれの二人の関係が、いったいどうなっているのか、それをしることが、今回の事件の解決に繋がっているような形になっているんです。お祖父さんは、五反田で『すみれ』という名前の小さな喫茶店をやっていますよね」

「そうだよ。今でも、お父さんの知り合いだったという七十代の老人が、その喫茶店を引き継いで、やっている」

「その店に何か、お祖父さんと原口すみれの関係を証明するようなものは、残っていませんかね？」

「それならば、私が調べてこよう。私は、今でも時々『すみれ』に寄ったりしているからね」

と、専太郎は約束した。

2

二日後。

専太郎から電話があったので、市橋は、同僚の日下刑事と一緒に、五反田にある問題の喫茶店〈すみれ〉にいってみた。

五反田駅近くのビルの地下にある、小さいが、気の利いた喫茶店である。

専太郎が待っていてくれて、現在この喫茶店をやっている勝之介の友人、川田《かわだ》悠介《ゆうすけ》という七十五歳の小柄な老人を、紹介してくれた。

川田は、小型の段ボール箱を持ってきて、

「この段ボール箱は、市橋勝之介さんと最後に会った時に、もし自分に何かあったらそのまま焼却してほしいといわれたのですが、私としては、どうしてもそれができなくてそのままにしておきました。市橋勝之介さんは、殺されてしまったので、もし、この段ボール箱の中身が、犯人を捕まえることに何か役に立つのであるのならば、ありがたいことだと、思っています」

と、いった。

市橋は、それを捜査本部に持ち帰り、十津川やほかの刑事たちの前で、中身を調べてみた。

写真や手帳、そして、数枚のデッサンがあった。絵のモデルは、いずれも市橋勝之介だった。

二十代、三十代、と思われる勝之介を描いたもので、そこには原口すみれのサインがあり、かなりの筆遣いである。おそらく、原口すみれは、絵にも才能があったのだろう。

ただ、油絵ではなく、4Bか、それ以上の鉛筆で描かれたデッサンである。つまり、その時代には、二人が近くにいたという証拠だった。

刑事たちは手分けをして、見つかった手紙や写真、デッサンなどを徹底的に調べていった。

その結果、昭和二十年、あの広島に原爆が投下された頃、すでに市橋勝之介と原口すみれが、愛し合っていたこともわかった。

市橋にとって、それは予想していたことではあっても、やはりショックだった。

しかも、昭和三十五年に祖父の市橋勝之介と三村花江が正式に結婚した前後にも、原口すみれとの関係が、続いていたことがわかったのだった。

しかもその頃、原口すみれは数カ月間、S病院に入院していることがわかった。その病院から、原口すみれが、勝之介に書いた手紙も見つかった。

その五通の手紙に、刑事たちは注目した。奇妙な手紙である。

差出人の名前も、原口すみれではなかった。

当時、市橋勝之介は、五反田で小さな酒場をやっており、その酒場を手伝っていた店員のひとりが怪我をしてS病院に入院していた。その店員の容態について、看護婦長の名前で、市橋勝之介に報告する形の手紙になっていた。

〈S病院　整形外科婦長　木下良子《きのしたりょうこ》〉

となっている。

しかし、その手紙の字は、どう見ても原口すみれの筆跡だったが、適当に、医学の外科の専門用語などを使っている。考えてみれば、昭和二十年の八月五日から七日まで、呉の〈大正旅館〉という旅館で二人が会っていた頃、原口すみれは、看護婦の資格を持っていた。そして、従軍看護婦を志望していたのである。

五通の問題の手紙は、入院している店員Nの容態を説明する形になっていた。

一通目。

〈Nさんの手術は、無事に成功しました。ご安心ください。おそらく一週間後には、退院できると思います。現在、Nさんは、大人のくせに、赤ちゃんの人形を抱いて喜んでいます〉

二通目。

〈少しばかり、術後に体のむくみなどが出てきましたが、これは一時的なものなので、大丈夫です。少しお太りになられたようですが、間もなく、元どおりの体になると思います。ご安心ください〉

三通目。

〈Nさんの容態は回復し、暇を持て余しているのか、人形を抱えています。その

絵を同封します〉

確かに、手紙には、赤ちゃんの人形の絵が同封されているが、どう見ても人形らしくは見えない。

四通目。

〈相変わらずNさんは、赤ちゃんの人形の絵を描くことに熱心です。だんだんうまくなっていきます〉

五通目。

〈二日後に退院です。看護婦たちは、Nさんが好きだった人形を、Nさんに持たせてやろうと考えています。

それで、お祝いのために人形に着せるベビー服を私たちで買ってきて、プレゼントすることにしました。なお、念のため、Nさんの好きな赤ちゃんの人形は

男の子です〉

それで、看護婦長の手紙は終わりだった。

しかし、この手紙が、原口すみれの出産報告だったとすれば、昭和三十五年、結婚して一年目に祖父の勝之介は、原口すみれから男の子が生まれた報告を受けたと、いえないこともなかった。

もう一つ、刑事たちが注目したのは、事件にとって壁になるようなマイナスの発見だった。

昭和二十年八月頃から市橋勝之介と、原口すみれの二人は関係があり、戦後、市橋勝之介が戦友の、三村勇太郎の妹である三村花江と結婚した。

しかし、それでも原口すみれとの関係が続いていたことを示すのだが、その関係は、勝之介が五十歳の時に、突然、切れてしまうのである。

その後の二人の関係を示すような写真もなければ、手紙もない。もちろん、原口すみれが描いたと思われる、勝之介のデッサンも見つからなかった。

明らかに、勝之介が五十歳になった時、正確にいえば、五十歳以降、原口すみれとの関係が消えてしまうのである。たぶん、その間に原口すみれは東北にいき、山形で新しい生活を始めたのだ。山形の資産家、近藤幸太郎に見初められ、それが結婚にまでいったに違いない。

その間の彼女からの市橋勝之介宛ての手紙は、一通も見つからなかったから、二人の関係は断絶していて、その間に、原口すみれは遠く山形で、資産家の近藤幸太郎と結ばれたに違いない。

その頃、原口すみれも五十代である。四十代の彼女の写真は、二十枚以上見つかった。

たぶん、その多くは、市橋勝之介が撮った写真だろう。

二十枚の写真を、捜査本部の黒板に貼ってみた。

「ふくよかで、典型的な美人とはいえないが、男好きのする女らしい顔だ」

十津川が、感想をいった。

「この親しみやすさではないかと思います」

と、市橋が、いった。

「身内の少ない資産家の近藤幸太郎は、たまたま入院先の病院で、看護婦の原口すみれの、親しみのある優しさに、惹かれたんじゃないかと思います」

「その点は、私も同感だよ」

十津川も、いった。

「それだけに、市橋勝之介が五十歳のあと、彼が大切に持っていた段ボール箱のなかに、それ以後の原口すみれの手紙も、写真もデッサンもまったくないことが、どうしても気になりますね。その間、原口すみれが何をしていたのか、それがわからないと、捜査は壁にぶつかってしまいます」

と、亀井も、いった。

今回、山形の近藤幸太郎と原口すみれの結婚について、十津川は、三田村と北条早苗の二人を調べに向かわせた。

三田村たちは、山形に着くと、地元紙の〈山形新報社〉にいき、二人の結婚について話をきくことにした。

山形新報のデスクは、二人に向かって、こんな話をした。

「確かに、山形有数の資産家の結婚ですからね。そりゃ、われわれも大いに書きましたよ。金で東京の美人を手に入れたみたいな、下品な書き方をした新聞もありましたが、それは、間違いです。確かに、近藤家の当主で資産家ではありますが、よく調べてみますと、近藤幸太郎という人も、ある意味で、戦争の被害者なんです」

「それは、どういう意味でしょうか？」

と、北条早苗が、きいた。

「近藤幸太郎という人は、一九二五年の生まれで、つまり、昭和と共に生きてきた人といってもいいかもしれません。ですから、戦争の影響も、ある意味でもろに受けているし、戦後の影響も受けている。そういう人なんですよ」

と、デスクにいわれて、北条早苗は、どこかできいた話だと思った。

横にいた三田村も、同じ思いをしたらしく、小声で、

「市橋の、殺されたお祖父さんと、まったく同じ年齢ですよ」

と、いった。

（確かに、市橋勝之介も一九二五年の生まれで、文字どおり昭和と共に生きてきて、九十四歳で殺されたのだ。二人は、まったく同じ年齢なんだ）

と、思いながら、

「いったい、どんなきっかけで、近藤幸太郎さんは、原口すみれさんと結ばれたんですか？」

と、三田村は、きいた。

「今もいったように、近藤幸太郎さんですが、大地主の家に生まれました。四男

一女の兄妹で、男のなかでは、一番下の四男です。戦争が始まって、上の三人が次々に応召し、戦死しています。あれほどのお金持ちなんだから、お金を使って軍部に手を回していましたが、和平運動を始めてしまい、兄三人は軍隊に召集され、次々に戦死してしまいました。ともかく、上の兄三人が死んでしまったので、四男坊の幸太郎さんが、跡を継ぐことになったのです」

「しかし、四男なのに幸太郎ですか」

三田村がいうと、デスクは、笑って、

「近藤家では、家を継いだ者が代々、幸太郎を名乗るのです。お二人のいう原口すみれさんですが、東京の人で、看護婦の資格を持っているということで、山形市内の病院で、働いていました。その時に、たまたま幸太郎さんが怪我をして、その病院に、入院したんです。その幸太郎さんを、担当していたといわれています」

「それで、親しくなった？」

「そうでしょうね。話では、幸太郎さんのほうが、すみれさんの献身的な看護に惚れて、結婚を申しこんだといわれています」

デスクは、二人の結婚式を報じた新聞を探し出して、見せてくれた。確かに大きな見出しである。

〈近藤家の当主、いよいよ結婚〉

〈山形有数の資産家、近藤家の当主が結婚しないことに周囲はやきもきしていたが、このたび、縁あって東京からきた女性と結婚することになった。山形市内のN病院の看護婦さんである〉

〈怪我で入院した時、その優しさに惚れたと近藤さん〉

3

「結婚したすみれさんの評判は、どうだったんですか?」

「何しろ、山形有数の、資産家の奥さんになったわけですからね、最初のうちは、いろいろと陰口を叩かれていたようですね。彼女のことを、悪く書いた新聞もあります。要するに、東京から流れてきて、金目当てに、近藤家に嫁いだ。そんな書き方をしていた新聞もありましたが、その後は、次第に悪口を書く新聞はなくなりました。すみれさんに会った人は皆さん、彼女のことを、謙虚で優しくて素晴らしい女性だというようになりましたね。近藤さんは、会社もやっていましたし、農園の経営もやっていました。すみれさんは、それをよく助けていましたよ。ただ、二人の間に、子供が生まれたのですが、すぐ亡くなったので、その点、近藤幸太郎さんという人は、家族に恵まれなかったといってもいいかもしれませんね」

「それで、問題の遺産相続の件ですが」

二人の刑事が切り出すと、デスクは、笑って、

「その件でこられたのだろうと、思っていましたよ」

「今のところ、どんな具合ですか？」

三田村が、きいた。

「現在、相続人を探しているという記事を出しました。しかし、問題の、亡くなられたすみれさんの遺言状については、弁護士の要請で載せてはおりません。記事として載せると、偽者が殺到しますからね。ですから、載せたのは、遺産相続人を探しているという簡単な記事だけです。それでも、すでに何人も、自分こそが、遺産の相続人だという人間が、現れています」

「どんな人が多いんですか？」

と、早苗が、きいた。

「自分こそが正当な相続人だという申し出が、何件くらいあって、どんな理由が多いんですか？」

三田村も、きいた。

「昨日現在で、十二件です。今のところ、近藤家の関係者だと名乗り出た人は、ゼロです。何しろ、近藤家というのは、何百年も続いている歴史のある家系ですから、嘘をついてもすぐわかってしまう。その点、奥さんのすみれさんの関係は、生まれも育ちも山形ではなく、東京からきた人ですからね。彼女の経歴というのは、よくわかっていませんから、十二件すべてが、すみれさんと関係があったという男性や、その男性のことをしっているという申し出でした」

「そのなかに、もっともらしい話はあったんですか？」

「窓口になっているのは、すみれさんの遺言状などを預かっているM信託銀行と、近藤すみれさんが信頼していた弁護士です。ですから、今もいったように、ほとんどが奥さん関係、東京からの話が多いんです。なかには、彼女とわかれる時に肉体関係があって、その時に引き取った子供がいるという話もありました。ただ、こちらで調べても、原口すみれの名前で結婚したことがありませんから、それを証明するのは、難しいですね。M信託銀行と遺産の管理をしている、地元の大野《おおの》法律事務所というのがありましてね。そこの、大野弁護士が対応に当たっているんですが、この人は厳しい人で、怪しい話にはまったく乗らない人ですから、今までのところ、十二件申しこまれても、イエスといった話は一件もきいておりません」

と、デスクは、いった。

近藤幸太郎と原口すみれは結婚すると、地元メディアの追跡から逃れるように、海外へ新婚旅行に出かけている。

それも、ハワイやヨーロッパなどではなくて、インド洋のセーシェル諸島だという。そのセーシェル諸島の、どのホテルに入ったかわからず、山形のメディアも追いかけてはいかなかった。

そして、三カ月近く経って、ようやく二人は山形へ帰ってきた。その直後に、近藤幸太郎はひとりで、地元新聞のインタビューに応じていた。

刑事たちは、その記事に注目した。

「長いハネムーンでしたが、いかがでしたか？」

「私も彼女も、同じように戦争と戦後で、深い傷を負っていた。それを癒すには、三カ月が必要だった。そのつもりで、いってきました。まだ完全に癒されたとは思わないが、少なくとも彼女は、喜んでいましたよ。私としては、それで充分です」

「近藤さんも、結婚されたすみれさんも、同じ年齢でしたね」

「そうだよ。昭和二十年の終戦の時、私は二十歳、彼女も同じ二十歳だった。つまり、同じような戦争と、戦後を送ってきたわけだ。それが、私たちを結びつけたと、いうことかもしれない」

「近藤さんは、山形でも有数の資産家だから、戦時中と戦後でそれほど厳しい体験をしたとは、思えないのですが」

「確かに、経済的なことなら、そうかもしれない。しかし、戦争というものは、心に深い傷を負わせるからね。ご承知のように、私は近藤家で四男一女の四男坊に生まれた。戦争で上の兄三人は、次々に兵隊に取られて亡くなっていった。たぶん、あと一年戦争が続いていたら、私もどこかの戦場で死んでいたと思う。戦後は占領軍の政策で、農地改革があって、多くの農地を失った。もちろん、それで貧しくなったわけではなくて、経済的には余裕があった。だが、先祖代々持っていた農地を失うのは、自分の体の一部を失うようなものだからね」

「失礼ですが、奥さんの戦中戦後というのが、われわれにはよくわからないのですが、どんな苦労をされたんですか?」

「彼女は、そのことを、あまり話したがらないんだ。しかし、魅力的な女性なのに、戦中戦後にかけて一度も結婚していない。それだけでも、何か心に葛藤があったに違いない。そう思って、質問しなかったんだ。だが、心が打ち解けるようになってからは、少しずつ話してくれるようになった。それで、同じ戦争と戦後の傷を負っているとわかって、私はなおさら、彼女のことが好きになって、結婚を申しこんだ。それを彼女も受けてくれた。おそらく、私のほうも彼女と同じような傷を負っていることがわかって、彼女も安心したんだろう。そう思っている」

「すみれさんが東京から山形へきて、市内の病院で働いていた。そこに近藤さんが怪我をして入院し、それで彼女と知り合ったという話をきいているんですが、それは本当ですか?」

「本当だよ」

「その時のすみれさんの優しさに惚れて、すみれさんを意識するようになったと報道されていますが、それも本当ですか？」

「私だって、その時には五十歳だよ。入院して親切な看護婦さんがいたからといって、惚れる歳でもない。それに、彼女は看護婦として優秀で、どの患者にも親切だった。だから、さっきもいったように、お互いの戦争体験と戦後を生きる立場が同じようだった。そういうことで次第に彼女に惚れていったんだ」

「いろいろと話していただいたんですが、まだ、奥さんの戦争体験と戦後というのが、どうも、はっきりしないんです。奥さんは、どういう苦労を送ってきたんでしょうか。近藤さんは、自分と同じような苦労をしてきた。同じような気持ちだったと、そのようにいわれましたが、もう少し具体的に、奥さんのことを話してもらえませんか。できれば、奥さんにひとりできていただいて、直接、奥さんの半生を話していただきたいのですが、それは無理ですか？」

「彼女は、人前で自分の人生を語るような女性じゃない。私ひとりがしっていれば、それで充分。そういう感じでね。申しわけないが、その要求は無理だと思っていただきたい。私なら、何回でもインタビューに応じるから」

これが、結婚三カ月頃の、地元新聞のインタビュー記事だった。

ところが、結婚十年目。二人とも六十歳を迎えた。

その年、近藤幸太郎、すみれ夫妻は揃ってインタビューに応じ、自分たちのことについて、かなり自由に質問に応じているのである。

そのインタビュー記事も、刑事たちは手に入れた。

「今日は、インタビューに応じてくださって、ありがとうございます。奥さんに、今日は何をきいても構いませんか」

「それは、主人にきいてください」

「どうなんですか、ご主人」

「彼女がＯＫなら構いませんよ」

「それでは、奥さんにおききします。ちょうど十年前に、ご主人だけにインタビューを許されて、お話をおききしたんですが、その時に、ご主人はこういわれました。奥さんと自分は、同じ苦しい戦中戦後を送ってきた。それがわかったので、結婚を申しこんだ。そういわれたのですが、そのとおりですか？」

「答えはイエスです。そうでなければ、私も主人とは結婚していません」

「それで、奥さんは結婚する時、何か条件を出されたと、ききましたが」

「答えて構いません？」

「私は構わないよ」

「私は、一つだけ条件を出しました。私には好きな人がいる。ただ、今は心理的に、その人と会うことはできない。でも、あなたと結婚したあと、もしその人が現れて、私のことを今でも好きだといったら、黙って離婚してください。それが条件です。そういったんです。たぶん主人は、そんな馬鹿な条件じゃ結婚する気にならないと、怒ると思ったんです。でも、主人は、それでも構わない、ＯＫする、そういわれたので、結婚することにしました」

「その条件は、今でも有効なんでしょうか？」

「それは私より、主人にきいてください。私が、その時に出した条件ですから」

「近藤さん、どうなんですか？　十年経った今も、その条件は有効なんですか？」

「もちろん、有効だよ。私は、戦時中と戦後の生活のなかで約束を守れなかった。あるいは、守らなかった。そんな経験を、何回も味わっているからね。そのため、私は、何としてでも、一回約束したことは守ると、それだけを考えて生きてきたから、もちろん十年経った今でも、彼女の条件は有効だよ」

「それでは、奥さんの好きな人が今ここに現れて、今でも奥さんのことが好きだと告白したら、どうなるんですか？」

「それは、彼女次第だよ。彼女が約束を守ってくださいといえば、私は喜んで、その約束を実行する」

「その約束は、十年間一度も果たせなかったということは、奥さんの好きな人は、十年間現れなかったということですか？」

「それは、君たちの想像に任せるよ」


「この最後のインタビューは、なかなか面白いですね」

三田村は、その新聞のデスクに、いった。

「そうでしょう。正直、面白いというよりも奇妙な夫婦だと、インタビューの時には、思いましたけどね」

「その条件をつけた、奥さんのすみれさんのほうよりも、OKをした夫の近藤さんのほうが、われわれには奇妙な感じに見えるんですが、なぜ、そんな条件を近藤さんはのんだのでしょうか？　資産家なんだから、いくらでも若い、もっと美人の、何の条件もつけない女性と結婚できたはずだと思うんですが」

「それは、近藤さんが何度もいっているように、戦中戦後の厳しい時代を生きてきたせいじゃないですかね。そういう時代を生きてきたから、同じような生き方をしてきたすみれさんが、奇妙な条件を出す気持ちも、わかったんじゃないか。それでOKをしたんじゃないかと、今では、われわれはそう考えていますがね」

「戦中戦後の苦しい、悲しい、恐ろしい、どんなことでもいえるんですが、そんな時代というのは、どういう時代だったんでしょうか？　近藤夫妻にとって」

と、三田村が、きいた。

「私なんかは、完全な戦後派だから、本当に理解できるかどうかはわからないですが、よく近藤さんが口にしていたのは、母親の話ですよ。近藤さんの母親というのは、夫が亡くなったあと、四人の男の子と、ひとりの女の子を育てました。子宝に恵まれていたというわけですが、しかし、戦争がやってきて長男、そして次男と、次々に兵隊に取られて死んでいった。次は三男だと。そうなった時に、母親のセツさんというのですが、そのセツさんが、我慢ができなくなって、地元の連隊長のところにいって、もうたくさんです。二人も、国家のために死にました。三人目の息子は兵隊に取らないでください、と嘆願したそうです。連隊長のほうは、今は国家が苦しいところだ、そんな贅沢は許されないと怒ったそうですが、セツさんは、それならば天皇陛下に直訴する、手紙を書くと。天皇陛下に自分の家庭が大変だということを。二人も天皇陛下のために、国のために、捧げました。だから、三人目は、取らないでください。そういう手紙を書いて直訴すると、そういったそうです。資産家の奥さんが天皇陛下に直訴ですからね。連隊長も慌てて、私が天皇陛下にお願いして、三人目の息子は召集しないようにする、と約束したそうです。ところが、戦争末期になると、三男の二十歳になったばかりの息子も兵隊に取られて、それも、応召されるとすぐにフィリピンに送られて、あっけなく戦死してしまった。セツさんは、約束が違うといって、その連隊長を、包丁で刺そうとしたそうです。ですが逆に、セツさんのほうが捕まって、一カ月間刑務所に入れられたそうです。近藤さんは、そんな母親のことを見ているから、結婚することになったすみれさんの言葉を、甘んじて受け入れたんじゃないですかね。それにもう一つ。母親のセツさんが刑務所に入った時に、娘さんも、空襲で亡くなっています。そういった苛烈な人生を見てきた、あるいは、命のはかなさを体験してきたこともあって、すみれさんの奇妙な要求をのんだのだと、われわれは、解釈しています」

「そのあと、幸太郎さんは亡くなったわけですよね？」

「今から五年前、亡くなっています」

「その時も、奥さんの奇妙な要求は守られていたんでしょうか？」

三田村が、きいた。

「あの幸太郎さんのことですからね。たぶん、死ぬまで約束は守るつもりだったんじゃありませんか」

「その約束の元となった、奥さん、すみれさんの好きな人というのは、現れたんですか？」

これは、同行した女性刑事の北条早苗が、きいた。

デスクは、ちょっと考えてから、

「それはわかりません」

「しかし、未亡人になったすみれさんは、死ぬ直前に奇妙な遺言状を書いて、M信託銀行と大野弁護士に託されたわけでしょう？　自分のことを好きだった人が今も自分を好きだったら、全財産を譲るという遺言状です。最後にそんな遺言状を書くということは、すみれさんが好きだった人を、最後まで好きだった。そう考えてもいいんじゃありませんか？」

これも関係上、本来は三田村がきくべき質問だが、ためらっていると、北条早苗が代わりにきいてくれた。

「そうですね。そう信じていたからこそ、あの奇妙な遺言状が書かれたんじゃありませんかね」

デスクが、答える。

「遺言状には、その好きな人の名前が、書いてあるわけでしょう?」

「そういわれています」

「あなたは、その名前をしっているんですか?」

思い切って、三田村が、デスクにきいた。

「私はしりません。しりたい人は、何人もいるでしょうが、M信託銀行や大野弁護士は厳格な人で、絶対に口外しないと、いい切っています。確かに、その名前が漏れたら、大騒ぎになりますからね」

と、デスクがいう。

確かに、その危惧は当たっているだろう。何しろ二千億円とも三千億円ともいわれる遺産である。

もし、恋人の名前が漏れたら、偽者が殺到することになるだろう。

警視庁で、今回の事件を担当する十津川の元には、さまざまな情報が集まっていた。

例えば、近藤すみれの親族の動きである。

彼らは早々に、すみれの遺産相続権を、放棄してしまった。

それでも彼らなら、すみれの恋人の名前をしっているだろうと、近づいてくる人間が多いという。

幸か不幸か、すみれと親族とは、疎遠だったから、この関係から、問題の恋人の名前が明らかになることはないとみて、いいだろう。

目下の十津川の関心は、すみれの恋人が、死ぬ時まで「市橋勝之介」だったかどうかということだった。

市橋勝之介が、昭和三十五年あたりまで原口すみれの恋人だったことは、はっきりしている。

二人の年齢が共に、三十五歳の時である。

この年、市橋勝之介は、呉の有力者の強引な勧めで、三村花江と正式に結婚している。

それでも、市橋勝之介と原口すみれとの関係は、切れることなく続いていた。

問題は、市橋勝之介が五十歳以後である。昭和五十年以後である。

突然、二人はわかれて、原口すみれは東北山形に移り、山形市内の病院で働くことになった。

同時にその頃から、原口すみれから市橋勝之介宛ての手紙、写真、デッサンなどがなくなっている。

理由はわからないが、二人が実質的にわかれたとみていいだろう。

その結果、原口すみれは、山形の資産家と結婚している。

そのことが結果的に、今にいたって大きな問題を残すことになった。

殺人事件と遺産相続の問題である。

原口すみれは、山形の資産家と結婚したが、市橋勝之介のほうは節子の死亡後、再婚せず〈すみれ〉という小さな喫茶店を、死ぬまでやっていたから、最後まで原口すみれのことが好きだったと見ていいだろう。

十津川は、目下の捜査の問題点を書き並べていった。
一、市橋勝之介と私立探偵・小林修を殺した犯人は何者で、動機は何なのか。
二、近藤すみれの遺言状にある「好きな人」は、いったい何者なのか。
三、市橋刑事と、その父親、専太郎は、今回の事件とどこまで関係があるのか。
四、昭和五十年から原口すみれと市橋勝之介は、突然、わかれてしまっているが、その原因は何だったのか。それは、今回の事件と関係があるのかどうか。

4

十津川は、山形県警に呼ばれた。

いってみると、広島県警の担当者もきていた。

現在、三県警の合同捜査になっていた。

早速、合同捜査会議が開かれ、山形県警本部長が、現在の状況を説明した。

「現在、こちらの第一の問題は、二千億円とも三千億円ともいわれる、莫大な遺産の件です。それに関係する脅迫事件や詐欺事件が発生しております。この遺産の管理は、現在、M信託銀行と委託を受けた、大野法律事務所が当たっていますが、こちらが、相続人の名前を教えてくれるように要請しても、頑として拒否しています。名前を公表すれば、莫大な遺産をめぐって、死人が出るかもしれないからというのが、そのいい分です」

「奇妙な遺言状も、公表されていません。遺言状の概略は、発表されていますが」

「現在、十二件の相続人だという人間が申し出てきたときいたのですが、その後も現れてきていますか？」

「六人の男が名乗り出て、そのひとりひとりに、M信託銀行と大野法律事務所が対応しています」

「そのなかに、正当な相続人は、いたんですか？」

「いや、ひとりもいません」

「それでは、山形県警としての、捜査方針を教えてください」

「うちとしては、遺産相続人の名前をきき出し、その人間が現在、どこで何をしているか、生きているのか、死んでいるのかがわかれば、この件は解決するわけです。しかし、今回の件は、警視庁と広島県警で捜査中の事件とも密接な関係がありますから、慎重に考えて、捜査をすすめたいと思っています」

と、山形県警本部長は、いった。

十津川は、警視庁を代表して、山形県警の方針に賛成した。

広島県警は、二つの殺人事件を抱えていて、今回の合同捜査では、主軸である。

「二件の殺人事件は、広島県内で起きていますが、そのきっかけは、東京と山形にあると思っています。その点から、警視庁と山形県警の協力をお願いしたい」

と、広島県警の担当者が、いった。

十津川は、ここにきて、新しい問題を背負わされた。

それは、市橋刑事の報告だった。市橋が突然、身内の秘密を、十津川に相談してきたのである。

市橋が、

「父のことで、警部に、ご相談したいことがあります」

と、いってきたのである。

十津川は、先を促がした。

「私の父は、現在五十八歳。市橋勝之介と花江の間に生まれています。昭和三十六年です」

「それは、きいている」

「ところがここにきて、ひょっとすると、市橋勝之介と、原口すみれの間に生まれたのかもしれないという可能性がでてきたのです」

「そうすると、どうなるんだ？　もし、お父さんが、原口すみれと市橋勝之介の間に生まれた子供なら、二人が死んでいるから、君のお父さんが、莫大な遺産の相続人になってくるのか？」

「まだ、すみれの最後の恋人が、誰かわかっていませんが、今、警部がいわれた可能性もあるので、ご報告いたします」

と、市橋は、固い表情でいった。

捜査がすすむにつれ、広がっていくにつれて、市橋は自分が追いつめられていくような気がしてくるのだ。

市橋は、先刻の専太郎の言葉を思い出していた。

（私は今も、父、勝之介と母、花江の間に生まれた子供だと信じているが、ひょっとすると、父と原口すみれの間に生まれた子供かもしれない）

殺人事件が絡んでいなければ、ある家庭のなかのスキャンダルでしかない。

しかし、殺人事件が絡んでしまっていることは、まず間違いないのだ。

それに、否応なしに、二千億円とも三千億円ともいう莫大な遺産問題も、絡んでくるに違いないのである。

もう一つ。

専太郎や市橋の、個人的な問題にもなりかねないのである。

市橋は刑事として、今回の事件を追いかけているつもりだが、それに個人的な問題が絡んできた時、どうしたらいいのか。その場合でも、市橋は、捜査に参加していたいのだが、はたしてそれが許されるのかどうか。

そんな時、広島県警から、三村花江が故郷の呉で、すでに死亡していたことがしらされた。

亡くなったのは七年前で、旧姓の三村花江として死んだというから、その時には、市橋勝之介とは離婚したあとひとりで暮らしていたのだろうと、警視庁宛ての連絡には記されていた。

市橋には、祖母にあたる。

彼の知識のなかでは、三村花江は、勝之介とは昭和三十五年に結婚しているのだが、その後、すぐに亡くなったと教えられていた。

広島県警の報告によって、その後も故郷の呉で、ひっそりと暮らしていたことがわかった。

市橋は、急に三村花江という女性のことが気になってきた。一時は、自分の祖母だった女性である。

それなのに、市橋の人生のなかで、影がうすいのだ。

考えてみれば、祖父の市橋勝之介や、近藤すみれより三歳若いだけで、同じように、戦中戦後を生きてきた女性である。

(呉へいって、三村花江のことを調べてみたい)

と、思った。

第七章　何が三人を変えたのか

1

捜査は、最終段階に入っていた。

だが、警視庁と広島県警、そして、山形県警の合同捜査になってからは、話は少しばかり微妙な様相を呈してきた。

今回の事件に、二千億円とも三千億円ともいわれる莫大な遺産相続が絡んでいるとわかり、さらに、これは十津川の問題だが、自分の部下の市橋刑事がひょっとすると、その遺産相続に関係しているかもしれないと、わかったからだった。

そのため、十津川は一時、市橋を捜査からはずすことを考えたが、それはやめることにした。

市橋が、捜査員のひとりであることのほうが、事件の解決に役に立つかもしれないと考えたからだが、市橋ひとりに任せるのは危険でもあると考え、捜査が最終段階に入ったところで、日下刑事と組ませることにした。

日下は、広島行の新幹線のなかで、二つのことしか市橋にきかなかった。

その一つは、

「大丈夫か？」

であり、もう一つは、

「三村花江について、君がしっていることをすべて、呉に着くまでに僕に教えてくれ」

ということだった。

市橋は、日下の「大丈夫か？」という問いに対しては、

「わかりません」

と答え、三村花江のことについては、勝之介や専太郎にきいていた限りを、新幹線のなかで日下に話した。

「昭和三十五年に、祖父の勝之介が、戦友の三村勇太郎の妹である三村花江と結婚したことはしっていました。呉出身の、太田垣隆史というN通りマーケットの

顔役が、わざわざ呉から彼女を連れてきて、半ば強引に、祖父と結婚させたんです。昭和三十五年のことで、翌三十六年十月には、父の専太郎が生まれていました。だから、私はずっと、花江の孫だと信じていました。ただ、疑問だったのは、私が物心ついた時には、祖母の花江はすでに、亡くなったのだと教えられていました。それに、祖父と祖母の結婚式の写真が、一枚しかないことも不思議でした。呉の太田垣隆史がわざわざ彼女を連れてきて結婚させたというのに、どうして一枚しか結婚式の写真がないのか、それが不思議だったんですよ。今になってみれば、その理由はいろいろと考えられます。祖父は、太田垣隆史に恩義があって、仕方なく花江と結婚したが、本当は、原口すみれという女性のことが好きだったのではないのか。だから意識して、花江との結婚式の写真を、一枚しか残していなかったんじゃないか。私は、そんなふうに考えています。私は、物心ついた頃には、祖母の花江は死んでいるものとばかり思っていましたが、ここにきて、離婚して東京を離れたが生きていて、七年前に、故郷の呉で死んでいることをしりました。そのことを確認するために、これから、その墓を実際に見にいきます。そこで何かがわかれば、いいと思っているんです」

市橋は、そこまでいってしばらく黙っていたが、京都駅が近づいた頃、

「もう一つ、わかったことがあります。祖父と原口すみれとの関係なんです。私は、祖父が殺されるまで、原口すみれと関係があったと思っていたんですが、昭和五十年頃からは、二人の関係が切れていて、原口すみれは、山形の病院で働いていたことがわかりました。その頃から、彼女の手紙も届いていませんし、二人で撮った写真もないんです」

「勝之介さんや、君の父親は、そのあたりについて君には話したことはないのか」

日下がきいた。

「私がしる限り、祖父は原口すみれについて、ほとんど何も教えてくれませんでした。いや、昭和三十五年に結婚した祖母の花江についても、ほとんど話してくれないままに死んでしまったんです。父も同じでした。だから、二人の女性との間に、なおさら何かあったんじゃないか、私には、話せないことがあるんじゃないかと、疑っています。だから、今回の広島行でその点についても、真相をしりたいと思っています」

二人を乗せた新幹線は、定刻に広島駅に着いた。

二人は、その日のうちに呉に向かったが、果たして市橋がしりたい答えを、今回の呉行で摑めるかどうか、彼自身にもわからなかった。

2

二人は、駅からタクシーに乗り、市内にあるというR寺に向かった。

そこに、三村花江の墓があるときいたからである。

「どんなお寺なんだ？」

タクシーのなかで、日下がきいた。

「問題の、太田垣家の菩提寺だときいています。それ以外のことは、何もわかりません」

市橋が答えた。

タクシーで十五、六分いったところの、市内の高台にある寺だった。

まず、住職に会った。住職は、市橋の質問に対して、

「三村花江さんのお墓でしたら、間違いなく当寺にありますよ。建てられたのは七年前です」

と、いった。

「こちらのお寺は、太田垣家の菩提寺だときいたのですが、本当ですか？」

市橋は、続けた。

「そのとおりです。花江さんは、太田垣家の、遠縁にあたるという話をきいたこともあります。太田垣家代々の、お墓のそばに建てられましたから」

「彼女の墓を建てたのは、太田垣家の方ですか？」

「ええ、そうですよ。太田垣隆之さんが、太田垣家代々の墓のそばに、小さくてもいいから花江さんの墓を建てたい。そういわれましてね」

住職のいうとおり、海に面した墓地に太田垣家代々の大きな墓があり、その近くに、三村花江の小さな墓があった。

途中で買ってきた花を供えてお参りしたあと、寺の本堂で、住職から三村花江について話をきいた。

「太田垣といえば、よくも悪くもここでは有名ですよ。戦時中は、海軍に取り入って儲け、戦後は闇市で儲け、占領軍と結びついたりして、闇市場をマーケットにし、昭和三十年代になって、もはや戦後ではないといい出しまして、政治の世界に踏みだして、巧みに立ち回り、市会議員になりましてね。そのお孫さんは、与党の政治家ですよ。最近の組閣で、副大臣にまでなっています。ご覧のようにこの寺は、その太田垣家の菩提寺となっております」

「三村花江さんのことは、何かご存じですか？」

と、市橋がきいた。

「私も戦後の生まれですから、戦時中の花江さんのことは、よくしりません。ただ、昭和二十年の八月六日に、唯一の肉親であるお兄さんを広島の原爆で亡くして、完全な孤児になってしまいました。それで、戦後すぐ呉の闇市を仕切っていた太田垣さんに世話になっていたんです。その頃、三年ほどですが、お兄さんの戦友だった、市橋勝之介という人と同棲していたということは、きいています。太田垣隆史さんから『一緒に暮らせ』といわれて、一緒になったといわれていますが、なぜか、結婚はせずに三年後にわかれて、お兄さんの戦友だった市橋さんは、ひとりで東京に戻ってしまいました。その後、行方がわかりませんでしたが、太田垣さんが市橋さんを東京で見つけ出し、昭和三十五年に、三村花江さんを連れて東京にいき、市橋さんと結婚式を挙げさせたと、そうきいています。その後、呉に帰ってきた太田垣さんは酔っぱらうと、自分が可愛がっていた花江さんを、好きな男と結婚させてやったと、自慢していましたから。私も実際、それをきいています」

「そうですか」

「その後、太田垣さんがうちの寺にきて『俺が結婚させた三村花江に、待望の子供が生まれた。それで、祝いの品を送ってやった』と、嬉しそうにいっていました。それもよく覚えているんです。その後どうなったかわからなかったんですが、七年前に、与党の政治家になった孫の太田垣隆之さんが突然やってきて『三村花江さんが亡くなってしまった。だから、葬式をあげて、太田垣家の墓の近くに、小さくともいいから墓を建てたい。そこに弔ってやってくれ』と頼まれましてね。それで、今の場所を提供したんです」

「太田垣隆之さんは、亡くなった三村花江さんについて、ほかにはどんなことを話していましたか？　先々代の太田垣隆史さんは、昭和三十五年に、自分が結婚を世話した三村花江さんに子供が生まれた。だから、お祝いを送ったと、太田垣さんが喋っていたといわれましたよね？」

と、日下が、いった。

「うちにきて、そういわれたんですよ。ただし、その時の太田垣さんは、今の太田垣さんの祖父にあたる人です。戦後の闇市を取り仕切ったり、それをマーケットにしたりして『マーケットの生みの親』といわれていた人です」

「花江さんが、生まれた子供を連れて呉にきたことはないんでしょうか？」

「それは、太田垣さんからはきいていませんね。何度かその後も会っていますから。彼女が、生まれた子供を連れて呉に戻ってきていたら、きっと太田垣さんは、そのことを自慢していたはずですから。こなかったんじゃないでしょうか」

住職が、いった。

「先々代の太田垣隆史さんは、東京で市橋勝之介さんを見つけて、三村花江さんを連れていって結婚させたと、自慢していたそうですね」

日下が、確かめるように、きく。

「そうですね。自慢していましたよ」

「それが本当なら、三村花江さんは、姓が市橋に代わっていたはずですよね？それが、七年前に亡くなって、この墓を建てた時には、どうして旧姓の『三村』に戻っていたんでしょうか？」

「前にもいいましたように、今の太田垣隆之さんが遺骨を持ってこられて、太田垣家の墓の近くに三村花江さんの墓を建てたい、そういわれましてね。私も先々代の太田垣さんから、三村花江さんを東京の男と結婚させてやった。それから、一年後に子供が生まれたからお祝いを送ってやった、と笑顔で話されていたのを覚えていましたから、どうして旧姓に戻ったのですかとききましたよ」

「そうしたら、太田垣さんは何と答えたんですか？」

今度は、市橋が、きいた。

「これは、先代の私の父にきいた話なんですが、昭和三十五年に東京の男と結婚させて、子供まで生まれたんだが、その時の名前は『市橋』になっていた。しかし、その後、彼女の音沙汰をきかなくなった。東京の市橋に問い合わせたら、亡くなったといわれて、それなら仕方がないと思っていた。ところが、その三村花江さんが、この県の病院で、息を引き取ったときいた。その病院で遺品を調べていたら、太田垣さんの名刺が出てきたというので、私はすぐ、その病院にいきました。亡くなったと思われた三村花江さんが生きていて、故郷の病院に収容されていた。そして、肺炎で亡くなったとしりました。どうやら、東京へ連れていき、好きな男と結婚させてやって子供まで生まれたのに、なぜかわかれてひっそりと故郷で亡くなっていた。可哀相なので、この寺に、それも太田垣家の墓地のそばに墓を建ててやりたい。そういわれて、あの場所にお墓が建ったのです」

と、住職が説明する。

「お墓のことや、墓地の件などはすべて、太田垣隆之さんが取り仕切ったんですか？」

市橋がきく。

「そのとおりです。すべて今の当主、太田垣隆之さんがおこないました」

「それが七年前なんですね？」

「そうです」

「呉の病院で亡くなったとききましたが、その病院の名前はわかりますか？」

「正確な名前はわかりませんが、確か、呉駅近くの記念病院です」

と、住職が教えてくれた。

3

日下と市橋は、迷わずその病院に向かった。

三階建ての救急病院である。

二人はここで、病院の院長に会いたかったのだが、あいにく院長は留守で、代わりに副院長が応対してくれた。

副院長も七年前のことを、よく覚えていた。

「七年前の夏でしたね。救急車で運ばれてきたんですよ。体はずいぶんと弱っているようでした。何でも、軍港の近くの公園で倒れていたそうです。それで、救急車で運ばれてきました。持っていた健康保険証で、三村花江さんだとわかりました。その後、手当てをしながら身元などについてきいたのですが、なぜかほとんどお話しになりませんでした。そして、収容されて一週間後に突然、肺炎で亡くなってしまったんです。遺品を整理していたら、太田垣代議士の名刺が見つかったので、連絡をしました。そうしましたら、遺体を引き取りに、太田垣代議士本人が見えましてね。それで少しばかり、三村花江さんについて、話をきくことができたんです。その時すでに八十四歳。もともと呉の人で、先々代の太田垣さんのところで戦後働き、それから、先々代の世話で東京の男と結婚したが、子供を産んだあとに亡くなったときいていた。ところが、本人はたぶん、離婚して東京の家を飛び出してどこかに暮らしていたが、しばらくして故郷の呉に帰ってきたんじゃないのか。それならすぐ、私に電話をしてくれればよかったのに。いろいろと話をききたかったのに残念だったと、太田垣さんはいわれましてね。遺体を引き取ったあとは、太田垣家の菩提寺にお墓を建てて供養したと、そうきいています」

と、副院長は、いう。

その後、二人の刑事は、あくまでも三村花江について調べていくことにした。あとはどうしても、今の太田垣家の当主、太田垣隆之に会って、話をきかなくてはならない。

現在の居場所をきくと、呉ではなく、東京の議員宿舎に移っているといわれて、呉のホテルに一泊したあと、慌ただしく東京へ引き返した。

少しずつ真相に近づいている感じだった。

今の太田垣家の当主、太田垣隆之は与党の代議士で、現在は副大臣である。それでも日下たちに、議員宿舎で会うことを承知してくれた。

この日は、日下だけが相手に警察手帳を見せ、彼が質問することにした。市橋の名前を出すと、相手が正直に話してくれないのではないかと、考えたからである。

太田垣隆之の部屋には祖父であり、戦後、呉の闇市とマーケットを作り、最後には地元呉の市会議員にまでなった、太田垣隆史の遺影が飾ってあった。

「三村花江さんについては、もっぱら祖父からきいています。孤児になった彼女を終戦後、呉の自分のマーケットで働いていた、市橋という男と一緒にさせたのですが、二人はなぜか結婚をせずに、三年後にわかれてしまいました。そして、市橋のほうは、呉から姿を消してしまいました。そのことに祖父は怒りました。それで昭和三十五年頃に、市橋が東京にいることをしって、三村花江さんを連れて東京にいき、強引に二人を結婚させたんだといっていました。ですから、その時点で三村花江さんは、市橋花江さんになっていたんです。その翌年、子供が生まれたときいて、祖父は喜んでいたのですが、その後すぐ亡くなってしまったときいたそうです。私は、しばらくの間、彼女のことを忘れていたのですが、何かの時に思い出して調べてみたら、彼女は生きていて、すでに東京にはいないとしりました。市橋家に電話をしてみると、彼女のほうから離婚を切り出してきて、離婚が成立すると、ひとりで東京から消えてしまった。生まれた子供は、すでに亡くなっている。そういう話でした。それで、私としては、責任があるので離婚した三村花江さんのことを探したのですが、なかなか見つかりませんでした。そうして七年前に突然、呉の病院から入院していたが肺炎で、すでに亡くなったと連絡を受けてすぐに駆けつけました。可哀相な女性ですよ。唯一の肉親だったお兄さんが広島の原爆で死んでしまい、好きな男と一応結婚はできたのに、理由はわかりませんが、離婚することになって、最後はひとりで死んでしまいました。それで、せめてもの私の気持ちから、太田垣家の菩提寺に墓を作って埋葬しました」

「三村花江さんがなぜ、離婚をしたのか。いつから呉に帰ってきていたのか、そのあたりをしりたいんですけど、わかりませんか？」

と、日下が、きいた。

「亡くなった祖父の日記があるんですよ。それを見れば、何かわかるかもしれません。一日待ってもらえませんか？　現在、国会が迫っていますから。祖父の日記を読んで、何かわかればすぐおしらせします」

と、太田垣が、約束した。

4

翌日、約束どおりに、太田垣のほうから日下に電話で、調べてわかったことを教えてくれた。

「離婚に同意して、彼女が市橋の家を出たのは、昭和四十年頃だといわれています。しかし、その後彼女がどうしていたのか、どこに住んで、何をしていたのかまではわかりません。何しろ、彼女は完全な孤児で、身寄りがまったくありませんからね。足跡を辿るのが難しいのです。おそらく、東京を離れて、故郷の呉に戻っていたと思うのですが、それもはっきりしません。私も気になるので、これからも足取りを調べてみますが、何かわかったら、すぐにおしらせしますよ」

と、太田垣は、話してくれた。

このあと、日下は、市橋との話のなかで突然、

「不審な感じがする」

と、いった。

「私も、同感です」

市橋が、いう。

市橋は続けて、

「原口すみれが東京の私の祖父と、完全にわかれて東京を去り、山形で病院の看護婦になった。それが、昭和五十年頃で、彼女も五十歳だった。一方、祖父の遺品を調べると、昭和五十年以前までは、原口すみれの手紙や写真が残っている。それは三村花江さんと結婚したあともです。ところが、昭和五十年頃から原口すみれの写真も、手紙も、突然、なくなっている。つまり、その頃、三人の間に何

かがあったんだ。それまで完全な三角関係だったのが、突然消えてしまった。その時いったい何があったのか、ぜひしりたいと思っています」

「花江さんは、離婚したあとすぐ、故郷の呉に帰ったんじゃないのか」

日下が、いった。

「それはないと思います。呉には太田垣の先々代が、まだ生きていましたからね。花江さんは祖父とわかれたあと、呉に帰ったら、その太田垣と顔を合わせることになってしまう。そんなことになれば、彼女のほうが気まずいだろうから、だから、故郷の呉には、すぐに帰らなかったと、私は考えるんです」

と、市橋は、いった。

「それでは、花江さんは、どこへいったと思うんだ？」

「わからないですが、山形にいけば、何かわかるかもしれません」

「どうして？」

「原口すみれが、なぜ山形を選んだのか、それがわかれば、三村花江さんのことも何かわかるんじゃないかと」

と、市橋は、いうのだ。

市橋は、太田垣からきいた、三村花江の経歴を簡単に書き出してみた。

三村花江、昭和三年三月三日。ひな祭りの日に生まれた。女の子なので、花のように育ってほしいとの願いをこめて「花江」と名づけられた。

兄は、三歳年上の三村勇太郎である。

花江の両親は、戦前から呉の「太田垣組」で働いていた。

太田垣隆史は、戦争中は海軍と結びつき、戦後は進駐軍と手を結んで、N通りマーケット、通称「太田垣組マーケット」を大きくし、その後、組長の太田垣自身は、呉の市会議員にまでなっている。

花江の兄、勇太郎は、昭和二十年八月六日、広島で原爆に遭い死亡。両親もアメリカ艦載機の空襲と艦砲射撃のために死亡し、終戦を迎えた時、すでに十七歳の三村花江は孤児になっていた。

花江の親代わりになっていた組長の太田垣は、孤児になった花江を可愛がり、亡くなった兄の戦友、市橋勝之介が自分のマーケットで働いていたので、花江と一緒になるよう命令した。

そこで花江は、三歳年上で兄の戦友である市橋勝之介と同棲することになったのだが、なぜか三年間結婚せず、市橋勝之介は突然、呉を去ってしまった。

市橋勝之介は自分の生まれた、東京の下町へ帰ったのだろうと思われたが、詳しい行方はわからなかった。

面子を潰された太田垣隆史は、昭和三十五年、姿を消した市橋勝之介を東京で見つけ出し、その後、三村花江を連れていき、彼が媒酌人となって、強引に二人を結婚させた。

翌昭和三十六年十月。二月の吉日のことである。長男の市橋専太郎を出産。市橋刑事の父親である。

しかし、なぜかこの結婚式も、喜ばれるべき長男の誕生も、ほとんど写真が残っていない。

それどころか、結婚し、母親になったはずの花江の消息が、途絶えてしまうのである。

そのため、孫である市橋は、父親の生まれたあと間もなく、祖母の花江は亡くなったのだと思っていた。そう周りから、教えられていたからだ。

そんな思いを書きつけている市橋の手帳を、日下が覗きこんで、

「市橋勝之介さんは、昭和三十五年に正式に三村花江さんと結婚している。そして、翌年には長男が誕生。君のお父さんだ。とすれば、殺された市橋勝之介さんは、その時点で原口すみれさんを捨てたことになる。それに、君のお父さんも孫

の君も、原口すみれさんの血を受け継いではいなくて、花江さんの血を受け継いでいることになる。そうなれば、君は残念ながら、近藤すみれさんの莫大な遺産の相続人じゃないんだ」

「私としては、そのほうがすっきりしていいんです。しかし、私も父の顔も、どうも花江さんの写真には、似ていないんです。どちらかといえば、近藤すみれさんに似ているんです」

と、市橋はいった。

「それなら、そのことをはっきりさせる必要があるぞ」

「もちろん、私もそう考えています」

市橋と日下は、市橋勝之介が住んでいた東京下町周辺の産婦人科病院を、徹底的に調べることにした。昭和三十六年頃に花江が入院して、子供を、つまり市橋専太郎を産んだ可能性があるからだった。そのために地元の警察署にも協力を要請した。

問題の産婦人科病院を見つけ出すのは、それほど難しいことではなかった。昭和三十五、六年は、女性が、病院で子供を産むことが多かったのだ。

その産婦人科病院は昭和三十年に開業し、その時からのカルテを、すべて保存していた。

日下と市橋が、昭和三十六年十月のカルテを見せてもらうと、市橋花江のカルテがあった。

写真は添付されていなかったが、母子手帳の番号や花江の身長、体重などが書きこまれてあった。

手帳の番号が正しいかどうか、市橋にはわからない。身長百六十七センチ、体重六十キロ。血液型はO型となっている。

「どうだ？」

と、日下が、きくと、

「少し違うと思います」

市橋は、いった。

「私がしっている花江さんは、身長が百五十センチくらいで、少し痩せ型です。血液型も、たしか日本人に多いA型だったと記憶しています」

「すると、このカルテの記録によると、市橋花江さんじゃないということになる」

「ひょっとすると、原口すみれさんかもしれません。彼女のほうが、花江さんより大柄なのかもしれませんね」

「そうだとすると、どういうことになるんだ?」

「祖父の市橋勝之介は、昭和三十五年に正式に三村花江と結婚しました。しかし、その後も原口すみれとの関係は続いていて、昭和三十六年に彼女が妊娠した。何とかその子供を産みたいと原口すみれがいったので、彼女を妻の花江としたうえで、この病院で彼女に出産させたのかもしれません。そうだとすると、私の父は、花江の子供ではなくて、原口すみれの子供だということになってきます」

市橋は、努めて事務的に、話した。感情を入れると、捜査に支障をきたすと考えたからである。

しかし、日下のほうは、

「それは重大な問題だぞ。慎重に調べる必要がある」

と、興奮した口調で、いった。

しかし、どのように調べたらいいのか。この産婦人科病院でも、市橋花江として診察を受け、出産している。

5

今、市橋が、

「ひょっとすると、別人なんじゃありませんか？」

と、きいたら、医師は困惑するばかりだろう。

それに、三村花江、原口すみれ、市橋勝之介はすでに死亡している。

とすれば、誰にきいたらいいのだろうか。

市橋が迷っていると、日下があっさりと、

「こうなったら、もう一度、呉にいこう。三村花江は、原口すみれや君の祖父よりも三歳若いんだろう？　それなら、彼女のことをしっている人間が、まだ生きているかもしれないからな」

と、いった。

確かに、そうした人間を捜しだすよりほかに、この件を解決する方法はなさそそこで、その日のうちに、日下と市橋は、新幹線で呉に引き返すことにした。

呉市内の、通称「太田垣マーケット」は、現在も営業していた。太田垣家の親類のひとりが、社長を務めていた。

しかし、三村花江のことをしっている社員は、ひとりもいなかった。

戦後七十四年以上が経った今では、当然のことかもしれない。

さらに調べていくと、三村花江のことをしっている元社員が現在、呉市内のM老人ホームに入っていることがわかった。

日下と市橋はすぐ、その老人ホームへ急行した。

海岸近くに建てられた、立派な老人ホームである。

二人は受付で、警察手帳を見せ来意を告げるといきなり、

「遅いじゃないですか！」

と、怒鳴られた。

わけがわからず、

「何が遅いんですか？」

と、日下がきいた。

「一一〇番したら、すぐきてくださいよ！　強盗が入ったんですから」

と、受付の職員が、いう。

市橋と日下は、目を見合わせた。

「何か被害があったんですか？」

「危うく入居者のひとりが財布を奪われて、殺されそうになりましたよ。幸い無事でしたが。とにかく、ご案内します」

受付の職員は興奮した口調で、市橋と日下を三階の一室に案内した。三〇七号室という、ひとり部屋だった。

そこで、職員の女性と、ソファに腰をおろして話をしていたのは、八十代と思われる小柄な女性だった。

高田《たかだ》ミチ子と名前を教えられたが、市橋がしりたかったのは、彼女の名前よりも別のことだった。

「N通りマーケットで働いていた、三村花江さんのことをしっていますか？」

市橋は、きいた。

相手がうなずく。

そのことにほっとした。

三村花江のことをしっている人間を、何とか見つけ出せたからである。

「マーケットで、一緒に働いていたことがあったんですね？」

「ええ、ありましたよ。歳が近かったので、仲がよかったんです。私から見れば、お姉さんでしたけれど」

と、相手が、微笑した。

「昭和三十五年に、花江さんは東京にいって結婚されましたよね？」

「ええ、先々代の社長さんが仲人をして、以前うちの会社で働いていた市橋さんという人と結婚されたんですよ。よく覚えています。『とうとう結婚させてやったぞ』といって、先々代の社長さんが帰ってきて、嬉しそうにしていましたから」

と、いった。

「その翌年の昭和三十六年に、花江さんは、長男を出産しているんです。そのこともご存じでしたか？」

「ええ、もちろん」

「あなたも、お祝いの手紙をだしたりしましたか？」

「それが、だそうとしましたけれど、やめました」

と、高田ミチ子が、いった。

「どうしてやめたんですか？」

「だって彼女が、子供を産めない体だということをしっていましたから」

市橋は日下と、また目を見合わせた。

「今おっしゃったことは、間違いないんですか？」

「彼女自身、そういっていましたから。彼女、小柄で可愛かったので、いろいろな男性にもてたんですよ。それでも、一度も子供を産んだことがなかった。だから、彼女にきいたことがあったんです。『子供はほしくないんですか』って。そうしたら彼女『子供はほしいけど、私は子供を産めない体だから』って、そういっていました。だから、何かおかしいなと思って、あの時もお祝いの手紙を書けなかったんですよ」

と、ミチ子が、いった。

「これで捜査が一歩進んだな」

日下はいったが、市橋は、別の気分になっていた。

（これでまた、悲劇が一つ生まれた）

という思いだった。

そして、問題が一つ解決したというよりも、また生まれてしまった。

その後、三村花江は、どうしたのか？

原口すみれは、どうしたのか？

わかっているのは、昭和五十年頃に何かがあったということである。

二人は、その老人ホームを出ると、時間が時間なので、今夜は呉に一泊することにした。

そして、ホテルでの夕食のあと、部屋のなかで二人で話し合いをした。

その後の捜査は停滞した。一つの疑問が解けたとたんに、新しい疑問が生まれたからである。

いや、市橋にとっては、それは新しい疑問というよりも、新しい戸惑いといったほうがよかった。

事件の当事者としての戸惑いでもあるし、ひとりの人間としての戸惑いでもあった。

市橋の、というより、祖父、勝之介の傍らには、二人の女性がいた。三村花江と原口すみれである。

三村花江のほうが祖母に当たる女性なのに、市橋は、原口すみれのほうが好きだった。

それは、祖父の勝之介が、原口すみれのほうを愛していたと思ったからだった。

それに、二人の女性を比べてみれば、勝之介と愛し合いながら、一度も正式に結婚できなかった原口すみれのほうが、一度でも正式に結婚できた三村花江より可哀相に思えたのである。

しかし、ここにきて、三村花江のことを調べていくにつれて、彼女もまた、ある種の被害者だったのだと思うようになってきた。

いや、彼女のほうが、原口すみれより悲しいかもしれない。

原口すみれは少なくとも、二人の男に愛され、二番目の山形の資産家とは正式に結婚し、結果として、莫大な財産の相続人になっているからである。

それに比べて、三村花江のほうは、呉の顔役の力で市橋勝之介と結婚したが、子供を産めずに離婚し、最後は、故郷の呉の公園で倒れ、病院で死亡している。

原口すみれに比べて、はるかに痛ましい。

(三村花江も、いってみれば戦争の被害者ではないか)

と、市橋は、考えるようになった。

戦時中、両親をアメリカ艦載機の空襲や艦砲射撃で殺され、兄の勇太郎を、八月六日の広島の原爆で失って、戦後、十七歳で孤児になっているからだ。

孤児の三村花江は、呉で戦後を迎えている。

何もない、生きるのが難しかった時代である。

花江のことを可愛がっていた土地の顔役の世話で、死んだ兄の戦友、市橋勝之介と呉で同棲した。

それが花江にとって、幸せだったかどうかはわからない。

三年間の同棲生活だったが、結局、結婚はしていない。

それも、勝之介に原口すみれという、本当に愛する女性がいたからだと、市橋は、今まで考えていた。

(しかし、それだけではなかったのではないのか)

と、市橋は、考えるようになってきている。

十七歳の花江は、顔役の命令で市橋勝之介と同棲したが、彼女は、そんな生活がいやだったのではなかったのか。

三年間の同棲生活である。

しかし、戦後の混乱期に、顔役の命令である。

男のほうだけの都合で結婚しなかったとは、考えにくい。

花江の感情も、あったのではないだろうか。

もちろん、花江は、自分が子供の産めない体だということはしっていて、結婚をためらったこともあっただろう。しかし、昭和三十五年には、勝之介と正式に結婚しているのである。

そんな感情の乱れを、市橋は正直に、日下に話した。

「三村花江という女性が、可哀相になってきました」

「子供を産めない体だったからか？」

日下が、即物的な質問をした。

「自分から不幸を求めて、生きてきたような気がするからです」

と、市橋はいった。

「子供みたいなことをいうなよ」

と、日下が、笑った。

「そんなセンチだと、真相を見誤ってしまうぞ」

「わかってはいますが、今までのような冷静な目で、祖母のことを見られなくなっています」

と、市橋は、正直にいった。

「いいか。今、一番しりたいことを考えるんだ。ほかのことは考えなくてもいい」

日下が、強い調子でいった。

「今一番しりたいのは、昭和五十年頃、何があったのかということなんです」

市橋は、いった。

「昭和五十年頃か」

「祖父の勝之介と、原口すみれは、二人とも一九二五年の生まれですから、二人が五十歳の時です。その時、二人に何があったのか、それをしりたいんです。死んだ祖父のことを調べると、その前年まで原口すみれからの手紙があったり、写真があったんですが、昭和五十年限りで、翌年から二つともなくなっています。原口すみれも、それまで祖父の周辺にいたのに、この年に突然、東京を離れて山形にいき、そこの病院で働き出しています」

「つまり、何かがあって、二人が完全にわかれたということか？」

「そうです。その理由がしりたいです」

「ほかには？」

「ここにきて、その頃の祖母のこともしりたくなってきたんです。今までは、昭和五十年頃の祖父、勝之介と原口すみれに、何があったのかをしりたかったんですが、それがここにきて、三村花江にも、その頃に何があったのかが、しりたくなってきています」

市橋はいった。

「しかし、それまで君の祖父と原口すみれは、関係していた。だが、三村花江のほうは、もっと早くにわかれていたんだろう？　正式に結婚したのに、彼女は、その後わかれて、旧姓に戻っている。昭和五十年より前にだ。それなら、関係はないはずだよ。だとしたら、昭和五十年の三村花江について調べる必要はないんじゃないか？」

「しかし」

と、市橋は、頑固にいった。

「この三人は、運命的に繋がっているんじゃないでしょうか。だから三人は、いつも影響し合っている。意識しなくてもです。祖父と、原口すみれが突然わかれたのは、祖母の花江に何かあったからではないのか。そんな気がして仕方がないんです」

「それがわかれば、二つの殺人事件と一つの強盗事件が解決するのか?」

日下が、質問を変えた。

市橋の祖父、勝之介と、私立探偵の小林修が立て続けに殺されて、今回の一連の事件が幕を開けた。

この二つの殺人事件が、市橋勝之介と原口すみれの、戦中戦後の生き方や死に方に関係があることがわかってきた。

さらに、もうひとりの女性、三村花江の生き方、死に方も関係がありそうなこともである。

そして、新しく発生した老人ホームでの強盗事件である。

地元の警察は、抵抗力のない老人ホームの入居老人を狙った強盗事件と見ていて、犯人が高田ミチ子個人を狙ったのは偶然で、誰でもよかったのだろうというが、市橋は、そう見てはいなかった。

犯人は明らかに、高田ミチ子を狙ったのだ。

その理由は、三村花江のことをしっている数少ない人間のひとりだからだと、市橋は、考えている。

事件は、まだ終わっていないのだ。

市橋勝之介、原口すみれ、三村花江の三人は、すでに死亡しているというのに、である。

「祖父の勝之介と原口すみれのことは、ほとんど調べました。残るのは、祖母の花江のことです。今までは彼女の影が薄かったし、私自身、彼女のことがあまり好きではなかったから、自分の祖母だというのに、積極的にしろうとしませんでした」

市橋は、自分にいいきかせる思いで、日下にいった。

日下は、黙ってきいている。

市橋はいった。

「祖父と原口すみれの二人は、昭和五十年頃に、何かがあった。二人が五十歳の時です。それが尾を引いていて、今に繋がっていると思っています。とすれば、同じ頃、祖母にも何かがあったはずなんです。それが何なのか、しりたいんです」

「もし、何の関係もなかったら、どうするんだ？　昭和五十年頃、三村花江は、すでに君の祖父とわかれていたんだろう？　原口すみれのほうは、君の祖父と関係があったから、二人の間に何かがあったとしてもおかしくはないが」

と、日下が、いう。

それでも、市橋は、いい返した。

「ですが、祖母にも、同じ時に何かがあったはずなんです。そうでなければ、今回の一連の事件は起きていない気がするんです」

「どんな事件が、起きていると思っているんだ？」

「昭和五十年頃に、祖父の勝之介と、原口すみれは、理由はわかりませんが、決定的なわかれを迎えています」

「しかし、三村花江は、その前から君の祖父とわかれているんだろう？　離婚して、名前も旧姓に戻している。女にとって、それ以上のわかれ方はあるのか？」

と、日下が、いった。

「それ以上のわかれ？」

市橋は、呟いた。

第八章　真実の和解

1

求める答えを捜して、日下と市橋の二人の刑事は、呉の街を歩き回った。が、なかなか答えは見つからなかった。

「無理かもしれないね」

日下が、歩き疲れて、市橋にいった。

「どうしてですか？」

「われわれが捜しているのは、古い、戦時中か戦後の話なんだ。昭和二十年の、話でもある。一番新しくても、昭和五十年の話だが、いずれの時代にも、われわれは生まれていないし、今は昭和じゃない」

「捜査と聞き込みで、その時代を覗くより仕方がないでしょう。決して、できないことじゃないですし」

と、市橋が、いった。

「聞き込みや資料で、その時代を覗くことはできるかもしれないが、一番の問題は、その時代の人たちの心だよ。気持ちだよ。具体的にいえば、君の祖父の市橋勝之介、それに、原口すみれ、三村花江、二人の女性の心、心情だよ。もちろん、この三人は同じ人間、同じ日本人だとは思うんだが、しかし、今のわれわれとは、かなり違った心の持ち方をしていたんじゃないかと、そんなふうに考え始めているんだよ」

と、日下が、いった。

日下にしては珍しく、弱音を吐いた。その時、彼の携帯電話が鳴った。

東京の太田垣代議士の事務所からだった。

「何かわかりましたか？」

と、きく。

事務的な挨拶なのに、日下は、皮肉をいわれたような気がして、

「呉や東京を走り回っていますが、捜査に役立ちそうな話はまったくきけず、弱

っているんですよ」

「そうですか。刑事さんも大変ですね」

「それで、何かご用ですか？」

と、八つ当たり気味にきくと、電話の相手は、

「太田垣副大臣が、お二人にいい忘れたことを思い出されて、それを伝えてほしいといわれましてね」

と、太田垣の秘書が、いった。

「どんなことですか？」

「昭和五十年頃、三村花江さんが、広島で自殺未遂を起こして、病院に担ぎこまれたことがあったそうなんです」

「昭和五十年頃というのは、間違いありませんか？」

日下の声が、急に、大きくなった。

市橋も、日下を見た。

「間違いありません。月日までは覚えていないとのことですが、夏だったようです」

「広島というのも、間違いありませんか？」

「ええ、そのようです。広島です」

「それなら、八月六日じゃありませんか？　原爆の投下された——」

「そうかもしれませんが、何しろ四十年以上も前のことなので」と、副大臣は、そうおっしゃっています」

「とにかく、ありがとうございます」

日下は、礼をいい、すぐ市橋と呉から広島に移動することにした。

片っ端から広島市内の病院に問い合わせた。

昭和五十年の夏に、三村花江という女性が担ぎこまれたことはなかったかという問い合わせだった。

これは、意外と早くわかった。

広島の、中心地に近い場所にある救急病院だった。

その時、治療に当たったという医師も存命で、状況を詳しく話してくれた。

「睡眠薬を大量に飲んで、路上に倒れていたと救急隊員は話してくれました。手当てが早かったので、何とか助かりました」

医師は、彼女が倒れていたという場所を、地図で示してくれた。

そこは、八月六日の原爆の爆心地に近く、彼女の兄の勇太郎が、原爆の直撃を受けて死亡した陸軍病院の近くだった。

（亡き兄の傍らにいきたかったのかもしれないな）

そんなことを、市橋は考えた。

しかし、医師は、

「いろいろと警察が自殺の理由をきいたのですが、何一つ、お答えになってくださらなかったようですよ。よほどのことが、あったのではないかと思いますね」

と、いう。

「このことは、新聞に載りましたか？」

「自殺をしようとした場所が、爆心地の近くだったこともあって、地元の新聞は、大きく取りあげていましたよ」

と、医師は、いった。

とすれば、東京の新聞でも、小さくても記事にしていたかもしれない。その記事を、市橋勝之介と原口すみれが目にしたことは、充分に考えられるのだ。

確認するために、二人は、広島の市立図書館にいき、当時の新聞に目をとおしてみることにした。

出ていた。それも、大きな見出しで。

〈八月六日。爆心地近くで、ひとりの女性が自殺を図る！〉

これが見出しだった。

やはり八月六日、爆心地の近くで、三村花江は自殺を図ったのだ。

だから、新聞は大きく取りあげたのだろう。

二人は、何紙もの記事を読んだ。

〈八月六日は、広島に原爆が投下された日である。

この日、しかも、爆心地の近くで、ひとりの女性が自殺を図り、からくも命だけはとりとめた。

彼女の名前は、三村花江。四十七歳。あとでわかったのは、唯一の肉親だった兄の三村勇太郎氏は、昭和二十年八月六日、爆心地近くの陸軍病院で、原爆死を遂げていた。当時二十歳。海軍の特攻隊員だったという。

最初、遺書はないと思われていたが、退院したあと、ベッドの下からメモ用紙一枚に書かれたものが見つかった。

本人に返そうと思ったが、退院後、行方不明になったので、ここに発表することにした。

『私は、本当に彼が好きでした。でも、それとは反対の態度を、ずっと取り続けてきました。それに疲れました。だから、嘘をつかなくてもすむ、あの世にいき、兄に会うことにしました。兄にならば、正直に何もかも話せますから』

これを発表するには、具体的な名前が書かれていないことと、行方不明の三村花江さんに連絡を取り、これを渡したいからである。

三村花江さん。連絡して下さい〉

日下と市橋は、市立図書館から、その記事を掲載した地元新聞社を訪ね、デスクに面会した。

「それで、三村花江さんと連絡が取れたんですか？」

と、日下が、その地元新聞のデスクに、きいてみた。

「残念ながら、今も連絡が取れていません」

と、デスクは、いう。

二人の刑事は、少し迷ってから、

「三村花江さんは、七年前に亡くなりましたよ、故郷の呉で」

と、日下が、いった。

「そうですか。亡くなっていますか。もしかしたらと、その可能性も考えていましたが」

「遺書と思われるメモ用紙は、どうなっていますか？」

と、市橋が、きいた。

「警察に渡しました。が、十年間、保存したあと、始末したということです」

と、デスクが、教えてくれた。

2

広島駅近くの喫茶店でコーヒーを飲みながら、二人の刑事は、話し合った。

（事態が進展した）

と、一方で思いながら、その一方で、謎が深まったような気分なのだ。

市橋が、それを口にした。

「図式としては、はっきりしていますね。三村花江が、昭和五十年の八月六日に、広島で自殺を図った。それを新聞でしった原口すみれは、私の祖父である勝之介とわかれて、山形にいった。勝之介も、原口すみれのことを忘れようとして、その後、彼女の写真を手に入れようとしなかったし、手紙も書かなかった」

「それでもいいじゃないか。図式としては、よくわかるじゃないか。あとは殺人犯を逮捕すればいいんだ」

と、日下が、いった。

「だが、どうにも納得できないんです」

「どこが？」

「三村花江が自殺を図った時は、祖父とわかれて、旧姓に戻っていた。本当は祖父のことが好きだといって、自殺を図っても、それだけで原口すみれとわかれる必要はないだろうと思います。原口すみれにしても、わかれて山形へいくこともないだろうと思います。二人で愛を貫けばいいんですよ」

「君なら、そうするのか？」

「ええ、もちろん」

と、いったあとで、市橋は、

「あの世代の日本人は、われわれと人格が違うのかもしれないですが」

「そんなことはないだろう。百年も違ってない、同じ日本人なんだ」

と、日下は、いった。

「それを確かめたいですね」

「どうやって？」

「祖父と同じ世代の人間に、会ってみようと思っているんです」

「もう九十四歳だろう？」

「ひとり、前から会ってみたいと思っていた人がいるんです」

と、市橋は、いった。

東京に戻って、日下が、十津川に報告している間に、市橋は、その男に会いにいった。

名前は、小西太一郎《こにしたいちろう》、九十四歳。終戦の時は特攻隊員で、市橋の祖父、勝之介と同じ二十歳。戦後は大学に戻り、その後、日本人の本質について研究して大学で教え、引退した今も、研究を続けているという人物だった。

前には、市橋は「特攻」について、小西から話をききたいと思っていたのだが、今回は、日本人の愛情の表現について話をききたくて、小西に会うことにしたのである。

九十四歳の小西は、さすがに杖をつくようになっていたが、頭脳は明晰で、言葉もはっきりしていた。

市橋は、単刀直入に、自分の質問をぶつけた。

「男女の愛ですが、日本人にとって、究極の愛というのは、果たしてどんなものでしょうか?」

「プラスの方向としては、奪う愛でしょうね。ライバルと闘って、愛する女、あるいは男を手に入れるというもので、これは日本人に特有のものではなく、世界中の男女が持っています」

「なるほど。では逆に、マイナスの方向の愛とは、どんなものですか?」

「愛のために、愛を捨てるという愛の表現で、日本人以外のほかの民族では、あまり見られないものです」

「例えば、具体的には、どんな話がありますか?」

「有名な『源氏物語』のなかにあるのですが、主人公の光源氏《ひかるげんじ》の孫に、匂宮《におうのみや》と呼ばれる青年がいます。彼の友人で、同じ若い君がいて、この二人から愛される姫君が出てきます。彼女は、あまりにも優しい心の持ち主だったために、片方と結ばれることになった時、もうひとりの若い君を傷つけてしまうことになることを恐れて、自殺を図り、尼になってしまいます。この当時、尼になることは死ぬこととほとんど同じですから、彼女は、愛のために、愛を捨てたのですよ。外国人には、この愛の取り方はいくら説明したところで、わかってもらえませんね」

と、小西は、いう。

「しかし、その姫君は、平安時代の日本人でしょう？　外国人ではなく、今の日本人でも、姫君の気持ちは、絶対に理解できないと思いますよ」

「そうですか」

と、小西は、微笑した。が、それきり黙ってしまった。

市橋は、困惑して、

「先生、何かおっしゃって下さい。何かほかの話をして下さい」

と、頼んだ。

それでも、小西は黙っている。

「こんな簡単な結論では、困るんです。ほかにも、似たような話があるんじゃありませんか？　別の結論になる、現代的な日本人の話が」

「しかし、あなたは、日本特有の愛の形をしりたいといわれたはずですよ」

小西は、穏やかに、いった。

「どんな形でもいいですから、先生の研究した日本人の愛の話をして下さい。お願いします」

「それでは、ある大学での話をしましょう」

と、小西は、話をすすめた。

「大学四年生で、翌年の春に卒業という男子学生がいました。ごく普通の大学生で、誰もがしっている大企業への就職が、決まっていました。彼には、同じクラスに好きな女子大生がいました。美しくて優しい女性でした。彼は、以前から彼女を愛していたので、就職が決まったことを告げ、結婚してくれと懇願したのです。卒業してからでもいいから、約束してくれと。彼女は、すぐには返事ができないので、三日間、待ってくれといいました。その三日間、彼は、浮き浮きしながら待ちました。彼女から、好かれているという自信もあったし、就職も決まっていて、今すぐ結婚しても何とかやっていける自信があったからです。彼は、銀《ぎん》座《ざ》の宝石店にいき、アルバイトで貯めたお金で、安い指輪を買いました。そして、約束の三日目、勇んで登校した彼は、彼女が休んでいるのをしりました。急に心配になりました。てっきり、彼女が急病になったか、怪我をしたのかもしれないと思ったからです。ところが、彼女は自殺をしていたのです」

「彼は悲しんだでしょうね」

「いや、悲しむよりも怒り狂いました。本当は、自分のことが嫌いだったのかと思い、それにしても、死ぬことはないじゃないか。それほど、自分のことを嫌いだったのかと腹を立てたのです」

「それで、どうなったんですか？」

「実は彼女は、同じ大学の別の男子学生からも、愛を打ち明けられていたのです。しかも、その学生は、彼の親友でした。しかも、二人ともやさしい性格の持ち主で、彼女は、二人のことが好きでした。片方の愛を受け入れれば、もうひとりを傷つけてしまうことになる。しかも、親友同士の関係を壊してしまう。それは、彼女の優しさが許さなかった。それで、自殺の道を選んだのです。これは、本当にあった話です」

「まさに『源氏物語』の世界ですね。千年以上も昔の世界です」

「私は、この話をよく若い学生に話して、感想を求めました」

「それで、どんな反応が返ってきましたか？」

と、市橋が、きいた。

「百人が百人、信じられないといいましたね。まるで自己がないみたいだとか、これでは、全員が不幸になってしまうではないか。一時的に男ひとりを不幸にしても、彼も、いつかは新しい恋人ができるだろう。勝手に自殺して、二人の男にも、結局、悲しい想いをさせているのだから、最も悪い選択だったとか、そんな答えばかりで、肯定する学生は、ひとりもいませんでしたね。とにかく、真実性がないというのです」

「そんな結果を、先生は、どう思われたのですか？」

と、市橋が、きいた。

「外国からの留学生にも、この話をして感想をきいたことがあったんですよ。アメリカ、中国、イギリス、韓国の留学生です」

「結果はどうでした？　外国人は個人意識が強いから、日本人の学生よりもさらに、否定的だったんでしょう？」

と、市橋が、きいた。

「私もそう思っていましたが、意外な結果でした。十人中十人とも、自分たちのなかに、そんな女性がいることは考えられないと、まず否定しましたね。ただ、もし、そんな女性がいたら、素晴らしいともいいました。それほど愛を純粋に思い、それに対して死ねるというのは素晴らしいというのです」

「なるほど」

「私が、日本人の学生が否定したことを伝えると、彼らは、意外そうな顔をして、信じられないといいました。特に、外国人留学生のなかの女子学生たちは、自分たちは同じケースで、自殺はできないが、それは、それだけ自分たちが純粋さを失ったからで、もし、日本人女性のなかに、そうした純粋さが残っているとすれば、それは誇るべきことだと、そういっていますね」

「それをきいて、先生は、どう思われましたか？」

「ほっとしましたね。二人の男性を同じように愛した末に、二人を傷つけないようにと自殺する。時代遅れとか、間違っていると否定するのは簡単ですが、私は、究極の愛の形だと、今も信じているのです。ですから、ほっとしたのです。『源氏物語』にも書かれ、これは、実際にあった話ですから、同じ日本人が否定するのを見るのは、とても悲しいのです」

と、小西元教授は、いった。

市橋は、うなずいたあと、小西元教授の顔を見つめ直して、

「ひょっとしたら」

と、いった。

「この話のなかに出てくる『彼』というのは、先生自身じゃないんですか？」

一瞬、小西元教授の表情が輝いたように見えた。

九十四歳が、若さを取り戻したかのように見えた。

ただ、小西元教授は、イエスといってうなずく代わりに、

「素晴らしい女性でした」

と、いった。

「あんなに美しくて、優しくて、可愛い女性はいません」

「親友との関係は、どうなりましたか？」

市橋が、続けてきいた。

「何日か呆然として、会いませんでした。その後、私はひとりで、彼女の墓参りにいったら、彼もきていました。その後、彼が死ぬまでずっと親友でした」

市橋は、小西元教授の答えをきいて、ほっとした。

3

昭和五十年に取った三人の行動。市橋のなかで、納得できるものになった。

まず、三村花江の自殺未遂があった。新聞に遺書も載った。

それを読んで、市橋勝之介と原口すみれがショックを受けた。

二人は、自分たちの愛こそ本物で、三村花江の愛は、親分から与えられたものであり、本物ではないと、そう決めつけていた。

だから、二人は、三村花江を傷つけても平気だった。

ところが、三村花江が突然、自殺を図り、遺書が新聞に載った。彼女も、自分たちと同じように、愛に本気だったとしり、二人は愕然とした。

愕然として、自分はどうすべきかに悩んだに違いない。

三村花江の自殺未遂も遺書も、無視することはできたはずである。

小西元教授が話してくれた日本人大学生たちなら、その行為を是認しただろう。

だが、二人は、そうせずに、自分たちを罰した。

なぜか？　二人とも死んでしまった今、推測するより仕方がない。

だから、市橋は推理した。

祖父の勝之介も原口すみれも、大学生たちより少しだけ、昔の日本人だった。

戦前を生き、戦後も生きた。

たぶん「源氏物語」のなかの自殺を図り、尼になった姫君や、昭和二十五年に自殺した女子学生の気持ちは、わかる二人だったに違いないと、市橋は考えた。

その結論をもとにして、市橋は改めて、殺人事件の捜査に当たることを考えた。

同僚の刑事たちも賛成し、十津川も同意して次の捜査会議で、市橋が説明した。

「今回、原口すみれこと近藤すみれの莫大な遺産相続問題が起きた時、昭和五十年のことがなければ、殺人事件は起きなかったと思います。なぜなら、二人の間の愛は、最後まで強固なもので、他人の介入する余地はないからです。市橋勝之介以外に遺産の相続人は考えられないからです。しかし、昭和五十年に二人は、愛のためにわかれました。したがって、今回の殺人は、昭和五十年のことをしっていて、自分が主張すれば、莫大な遺産を手に入れることができると、計算した人間ということになってきます」

市橋の説明に、十津川が補足した。

「犯人は、二つの要件を満たしている人間であると、私は考えます。第一は、今、市橋がいったように、昭和五十年のことをしっている人間だということです。第二は、この時、二人が、自ら自分たちの愛を消してわかれたことを、しっていた。この二つです。だから、自分が主張すれば、莫大な遺産を手に入れるチャンスがあると考え、小林修という私立探偵を使って、二人のことを調べさせ、また、市橋勝之介を殺したのだと思います。一つの問題は、この時の市橋勝之介の気持ちだと考えます。勝之介の気持ちが、昭和五十年に原口すみれとわかれた時のままなら、自分には、近藤すみれの遺産を相続する権利はないと、考えるはずです。だが、殺されたことを見れば、彼の、原口すみれに対する愛情は、復活していたのかもしれません。原口すみれのほうは、山形で結婚したのに、勝之介のほうは、節子の死後独身を続け、しかも、最後に小さな喫茶店の主人になっていますが、その店の名前は『すみれ』でした。その点の解明も必要だと、私は考えています。この方針にしたがって、今後の捜査を展開してもらいたい」

これが、十津川の捜査方針だった。

その後、疑問が起きるたびに、十津川は慎重に捜査会議を開き、現地の県警と連絡を取った。

市橋勝之介の最後の行動についても、議論があった。

市橋刑事の話によれば、最近の祖父、勝之介には、小さな喫茶店の主人で、充分に満足しているような様子が見えていたという。以前は、昔話などはほとんどしたことがなかったのに、突然、呉や広島にいって、写真を撮ってきてくれと、市橋に頼んだのだという。

「明らかに祖父は、山形の新聞記事を読んだのだと思います」

と、市橋は、十津川にいった。

「しかし、勝之介さんは、君に山形へいけとはいわず、呉と広島へいってくれといったんだね？」

「そうです」

「それを、どう考えるね？」

「その時は、莫大な遺産のことはしらなかったので、ただ、昔の思い出を楽しみたいのだと思いました。祖父が、昭和二十年の戦時中、呉の軍港で水中特攻隊員として訓練を受けていたことは、私もしっていましたから」

「今は、どう考えるね？　勝之介さんの行動を」

「祖父が、新聞を見たことは間違いありませんが、すぐに近藤すみれの残した莫大な遺産がほしいとか、自分にその資格があると思ったのではないことは、間違いありません」

「原口すみれのことはわかったが、もうひとりの、三村花江の生死もしりたい。それに、改めて、自分の人生を再確認したくなって、呉と広島を訪ねる気になった、ということなんだろうね」

「そうだと思います」

「とすると、今までとは、犯人像が違ってくるね」

と、十津川が、いった。

市橋も同感だと、いって、市橋が今、考えている犯人像について、十津川に話した。

「今までは、犯人は、二千億円とも三千億円ともいわれる近藤すみれの遺産を手に入れようとして、邪魔になる私の祖父を殺したのだと思っていました。しかし、祖父は、そんなお金はほしがっていなかった。とすると、犯人は、祖父をけしかけて莫大な遺産を相続させようとしたが、祖父にその気がなくて、三村花江の生死を考えたり、今までの自分の人生を考え直そうとすることに腹を立てて、殺したのだと思うようになりました」

「それは、莫大な遺産を手に入れようとしてだな?」

「そうです」

「だとすると、ただ、いうとおりにならない勝之介さんを殺したとは思えないな」

「たぶん、祖父に何か書かせてから殺したんだと思います。犯人が、祖父の委任状を書かせたのだと思います。『今でも、原口すみれを愛しています』というようなメモを書かせたんじゃないかと思います」

「すぐ山形へいくぞ」

と、十津川は、腰をあげた。

4

十津川と市橋、それに亀井刑事たちも含めた七人が、急遽、山形に向かった。

新幹線の車内で、十津川が、山形県警に連絡を入れた。

すると、山形県警の刑事が、

「東京の弁護士さんという人物から電話があって、真実の相続人が書いたものを持っていくので、鑑定してほしいということです。今日の午後八時に着くといっています」

と、いう。

場所は近藤邸で、こちらは、遺産の管理を頼まれている大野法律事務所が立ち会うというので、十津川たちは、近藤邸に急行した。

豪邸だった。

その奥座敷に、大野法律事務所の大野弁護士と、M信託銀行の支店長などが、緊張した顔で相手を待っていた。

十津川たちは、隣室に控えさせてもらうことにした、
午後八時という約束よりも三十分近く遅れて、一行が、東京ナンバーのロールスロイスで到着した。

人数は三人。そのなかの年長者が〈東京弁護士会　清水明生《しみずあきお》〉の名刺を差し出し、

「途中で渋滞にぶつかり、遅くなってしまいました。申しわけありません」

と、まず頭をさげた。

「私の法律事務所は、多くの方の個人弁護士として、ご相談に乗ってきております」

と、清水は、続けた。

「そのなかに、市橋勝之介さんという方がおられます。九十四歳のご老人で、昭和二十年には海軍で、特攻隊員として苦労されてきた方です」

その声は、隣室の十津川たちにもきこえてきた。

十津川は、ちらりと市橋に目をやった。市橋は、小声で、

「きいたことがありません」

と、いった。

清水弁護士が、話を続ける。

「その市橋勝之介さんから、突然、電話が入りました。広島の病院にいる。大至急、相談したいことがあるので、きてほしいというものでした。取り敢えず、会いにいきました。市橋勝之介さんは、ベッドに寝ておられて、私を見ると『これを見てくれ』といって、いきなり新聞の切り抜きを見せられました」

清水と同行してきた若い男が、鞄から新聞の切り抜きを取り出して、広げた。

「これを、私に見せて、市橋勝之介さんがこういうのです。『ここに出ている近藤すみれは、旧姓を原口すみれといい、私とは昭和二十年の八月から愛し合ってきた女性だ。結婚はしなかったが、今も、私は彼女のことを愛している』そういわれて、その証拠として彼女の写真や手紙を、私に見せたのです。それはすべて本物でした。そして、市橋勝之介さんは、こうもいうのです。『もし、亡くなった原口すみれさんが、私を愛していて、遺産を私に贈りたいと思っていたのなら、私は、ありがたくいただいて、有意義に使いたい』と、おっしゃるのです。ただ、入院してしまい、自分で山形まではいけないので、代わりにいってきてほしいといわれました。そこで、私が市橋勝之介さんの代わりに依頼された旨を書いてほしいと申しあげたところ、委任状と、原口すみれさんに対する変わらぬ愛情を、手紙に書かれました」

清水は、清水法律事務所の名前の入った大型の封筒を取り出すと、そこから委任状と、白封筒を取り出した。

白封筒は、表に、

〈原口すみれ様〉

とあり、中身は、便箋にボールペンで書かれた二枚の手紙だった。

〈私は今も、君との八月五日の出会いを忘れない。私は戦友と、広島にいたのだが、君に会いたくて、すぐに呉に戻ったため、広島の原爆で死なずにすみ、戦友は亡くなった。

私たちは運命を感じ、愛が高まった。

それから、あと、私たちは、紆余曲折があったが、愛し合ってきた。もちろん、私は今も君を愛している。

それが、新聞で、君が亡くなったことをしって、呆然としている。もう君を抱くことはできないが、せめて、この手紙を清水弁護士に託して、君の墓前にたむけたいと思い、これを書いた。

市橋勝之介

原口すみれ様〉

「この手紙を託されてすぐに、市橋勝之介さんは、亡くなってしまいました。私たちは、どうするか迷ったのですが、市橋勝之介さんの遺志だけは、何としてでもお伝えしようと思って、今回、お邪魔しました。これが、でたらめなどではないことを証明するために、市橋勝之介さんの写真や、原口すみれさんから受け取った何通かの手紙を持参しましたので、ゆっくりとお調べいただきたい。私たちの話が嘘ではなく、本当であることをわかっていただけると思います」

と、清水が、つけ加えた。

受け取った大野弁護士や、M信託銀行の支店長が、時間をかけて調べたあと、

「間違いありませんね。すべて本物であることを確認いたしました」

と、大野が、いったあと、

「すみれさんの遺品のなかには、若い時、市橋勝之介さんから受け取ったという手紙や、二人で写った写真もありました。また、彼女の遺言状の宛て先は、隠しておいたのですが、市橋勝之介様になっていました」

と、つけ加えた。

清水の緊張していた顔が、やっと笑った。

「それをきいて、ほっとしました。これで、亡くなった市橋勝之介さんも、喜んでおられると思います。私としては、市橋勝之介さんの遺志に添って、すみれさ

んの遺産をいただいて、有意義なことに使いたいと思います」

「わかりました」

と、大野が、うなずいた。

次に、M信託銀行の支店長が、分厚い書類を、何冊も積みあげた。

「これが、近藤すみれさんの全財産の目録です。動産、不動産、株券、金塊など多岐にわたっており、合計しますと、全部で約二千九百十八億円になっています。目をとおしていただきたい」

「わかりました。拝見します」

と、清水が、眼鏡をかけ直した時、大野弁護士が、

「その前に、会っていただきたい人がいますので、ここにお呼びします」

と、いった。

その言葉に合わせて、襖を開け、十津川たち七人が、座敷に入った。

5

「君たちは、いったい何なんだ？」

清水が、声を荒げた。

それに対して、十津川は、警察手帳を示して、

「警視庁捜査一課です」

「警察が、何の用だ？　君たちには関係ないはずだ」

「いや、関係があるんです。皆さんには、逮捕令状が出ています」

「逮捕令状？　何の容疑ですか？」

「二件の殺人事件に対する殺人容疑です」

十津川は、冷静な口調で、いった。

「馬鹿らしい。私は弁護士として、依頼人のために働いているだけですよ」

「市橋勝之介さんの、個人弁護士をやられていたそうですね？」

「もう十年もやっています。その縁で、今回、こちらにくることになったわけで、殺人容疑など、まったく不可解ですよ」

「十年ですね？」

「そうですよ」

「こちらの男性をご存じですか？」

十津川は、市橋刑事を指差した。

「いや、しらん。私は、民事専門の弁護士なんでね」

「しかし、十年も市橋勝之介さんの個人弁護士として、いろいろと相談に乗ってこられたんでしょう?」

「そうですよ。高齢で、ひとり暮らしだったので、少しはお力になれたのではないかと思っています」

「それなら、何度も、市橋勝之介さんに会っているんでしょうね?」

「ええ、もちろんそうですよ。できる限り、直接お会いしてきていますよ」

「そうですか。でも、それなのに、この男性をしらないのですか?」

十津川が、きく。

明らかに、清水の顔に、動揺の色が浮かんだ。

「市橋勝之介さんの孫の市橋大樹君です。彼はずっと、勝之介さんと同居していました。十年以上もです。それなのに、会ったことがなかったんですか?」

「――」

「清水さんはさっき、市橋勝之介さんの手紙を読んでいましたね? あれは、もちろん市橋勝之介さんが、自分の意志で書いたものなんでしょうね?」

「当たり前でしょう。どこかおかしいところがあるとでもいうんですか?」

「実は、勝之介さんは、昭和二十年八月六日のことは、今までなるべく触れないようにしてきたのです。自分だけが助かって、戦友が、原爆で死んでいるからですよ。それが、愛を示す手紙に、わざわざ冒頭で、それに触れているというのは、ちょっとおかしいのではありませんか？」

「――――」

「もう一つ、市橋勝之介さんと、原口すみれさんの二人にとって、何よりも心に留めることが必要なのは、三村花江さんなのです。だからこそ、市橋勝之介さんは、山形の近藤すみれさんのことを新聞で見たあと、山形にはいかずに、三村花江さんの消息をしろうと、呉と広島に出かけているのです。その市橋勝之介さんが、手紙のなかで三村花江さんのことに触れていないのも、おかしいんですよ」

「――――」

「最後に、この手紙が、市橋勝之介さんの本心ではないことの、完全な証拠を示してあげましょう。彼は二十歳の時、呉の海軍基地で特攻の訓練をしていたのです。当時、家族に出す手紙に、訓練が辛いとか、戦争に勝てそうもないとかといった本心を書けば、間違いなく没収されて、殴られたのです。しかし、嘘も書きたくない。そこで、家族との間に、暗号を決めておいたのです。どんな暗号だったか。文章の終わりに○をつけますが、本心で書いた場合は○のまま。嘘を書いた場合は黒く塗り潰した●とすることを決めていたのです。改めて今回の手紙を見ますと、文章の区切りの○は、すべて●になっています。つまり、本人が、この手紙は嘘だといっているのですよ。あなたは、優秀な弁護士かもしれないが、所詮は戦後の平和な時代に生まれ育っているから、戦争中に生きた人間の苦労がわからなかった」

「――――」

清水は、完全に黙ってしまった。

「君たちは、莫大な遺産を手に入れるために、市橋勝之介さんを脅して、この委任状を書かせたあと、殺したんだ。よって、殺人容疑で逮捕する」

十津川が、きっぱりと、いった。

清水も一緒にきた男も、まったく抵抗しなかった。

6

十津川は、最後に、市橋刑事に、

「君はここに、二、三日残って、すみれさんの墓参りをしてこい」

と、命令した。

その後、大野弁護士だけに、話をした。

「市橋勝之介さんと、原口すみれさんは、長い関係でしたが、事情があって正式には結婚していません。ただ、われわれの捜査で、二人の間に、男の子が生まれていることがわかりました。それが、市橋刑事の父親です。つまり、山形で亡くなった近藤すみれさんは、市橋刑事にとって血の繋がった祖母に当たるのです」

「それで、ひとりだけ残るようにと、いわれたのですね?」

と、大野が、小さくうなずいた。

「今回の事件の捜査の段階で、おそらく初めてしったと思います。彼自身、多感な年齢ですから、複雑な心境だろうと思いますよ。父親は、原口すみれさんと血の繋がりのある息子なんですから、どう報告したらいいのかの迷いもあると思い、二、三日遅れて帰れと、いっておきました」

「よくわかりました」

と、大野は、うなずいてから、

「今のお話で、すみれさんの望む遺産の相続人がわかりました。市橋刑事のお父さんに、相続人になってほしい。孫の市橋刑事さんにもです。それなら亡くなったすみれさんも喜んでくれると思うので、十津川さんからも勧めて下さい」

と、熱心に、いった。

十津川は、微笑して、

「それは、市橋刑事に決めさせて下さい。彼は、若い時から両親と離れて、祖父の勝之介さんと暮らしていて、亡くなった勝之介さんのことを、誰よりもよくしっている人間ですから」

と、十津川は、いった。

ひとり、山形に残った市橋刑事は、戸惑っていた。

戸惑ったまま、とにかく近藤すみれの墓に案内してもらい、事件が解決したことを報告した。

市橋を案内してくれたのは、大野弁護士だった。

「感想は？」

と、大野にきかれて、市橋は、

「大きくて立派なお墓なのに、びっくりしました」

と、いった。

「それは、山形で、一、二を争う資産家の近藤家のお墓ですから」

と、いってから、大野は、

「それで、問題は、近藤すみれさんの遺産です。私としては、彼女が希望していた人に贈りたい。その人を探していたのですが、やっと見つかりました。すみれさんが、愛していた市橋勝之介さんは、すでに亡くなっていますが、血の繋がりのある方が見つかったからです。あなたと、あなたのお父さんですよ。お二人に受け取っていただければ、すみれさんも、満足して下さるのではないかと思います」

と、いった。

市橋は、すぐには返事ができず、立ち止まってしまった。

高台で、日本海が一望できた。

ふと、似かよった景色を見たことを思い出した。

「五百万円だけいただけませんか？」

と、市橋が、いった。

大野は、あっけにとられた顔で、

「五百万円ですか？」

「ええ、そうです」

「すみれさんの遺産は、二千九百十八億円ですよ」

「わかっています。そのなかの五百万円で充分です」

「五百万円なら、私が差しあげますよ」

「いや、すみれさんからいただかなければ、意味がないのです」

「よくわかりませんが、五百万円を何に使うんですか？」

と、大野が、きいた。

「三村花江さんという人がいます」

「その名前は、今回のことで、初めてしりました」

「彼女も、すでに亡くなっていて、お墓は呉にあります。小さなお墓です。それに、彼女が希望したお寺でもありません」

と、市橋は、いった。

副大臣の太田垣隆之は、三村花江が可哀相だから、太田垣家の菩提寺に彼女の墓を建ててやったといっていたが、彼女は、決して満足してはいないだろう。

一番望んでいたのは、市橋勝之介の傍らかもしれないが、すみれに悪いし、花江自身も遠慮するだろう。

市橋が考えたのは、広島の原爆で死んだ、兄の三村勇太郎の墓の傍らだった。それに、兄の墓より大きくないほうがいい。それなら、五百万円ですむはずだ。

「お願いします」

と、市橋は、笑顔でいった。

大野は、戸惑いながら、

「そうですか。でも、お父さんと相談しなくてもいいんですか？」

と、きいた。

「父の気持ちは、わかっています」

と、市橋は、自信を持って、いった。

市橋専太郎は今でも、自分は、原口すみれの子であり、三村花江の子でもあると、思っているはずだった。

「よくわかりました。近藤すみれさんの口座から、五百万円をすぐ、そちらの口座に振り込みましょう」

と、大野が、約束した。

「ありがとうございます。これで安心して、東京に帰れます」

市橋は、戸惑いの消えた顔になって、いった。


〔この作品はフィクションで、作中に登場する個人、団体名など、すべて架空であることを付記します。〕

本書は二〇二〇年五月、小社より刊行されたのち、加筆修正をおこないました。

双葉文庫

に-01-105

呉《くれ》・広島《ひろしま》ダブル殺人事件《さつじんじけん》

2022年5月15日　第1刷発行

【著者】
西村京太郎《にしむらきようたろう》

【発行者】
箕浦克史
【発行所】
株式会社双葉社
〒162-8540 東京都新宿区東五軒町3番28号
[電話] 03-5261-4818(営業部)　03-5261-4831(編集部)
www.futabasha.co.jp（双葉社の書籍・コミックが買えます）
【印刷所】
大日本印刷株式会社
【製本所】
大日本印刷株式会社
【カバー印刷】
株式会社久栄社

【フォーマット・デザイン】
日下潤一

ISBN978-4-575-52567-0 C0193
Printed in Japan